世间最美的情郎

仓央嘉措传

无念篇

王臣……著

九州出版社
JIUZHOUPRESS

目录

倾谈一　但曾相见便相知

倾谈二　入定修观法眼开

倾谈三 日月游行绕四方

倾谈四 须弥不动住中央

倾谈五 十地庄严住法王

倾谈六

但逐轮回向死亡

附　录

与仓央嘉措有关

倾谈一

但曾相见便相知

01。时光

世间事，
除了生死，
哪一桩不是闲事。

时光深处，定无人知，自他诞世那日，世间因缘福祸皆因他有了微细的变动。以至于，三百年后，会有人，因他一句“不负如来不负卿”而彼此心动，两相执手。

此刻，窗外日光明媚。手边一册《六世达赖喇嘛仓央嘉措秘传》，翻阅数遍并成为此次写他时必需的写作蓝本。这本书，陪我度过一个又一个炎热的下午。

关于《六世达赖喇嘛仓央嘉措秘传》（下称《秘传》）。

汉译者庄晶先生初见此《秘传》的藏文本，是在20世纪50年代后期。彼时，作者所遇之时，便将《秘传》的大体内容信手译下，但一时疏忽，未能及时记下此版本的出处。至80年代，作者的正式译本是根据拉萨哲通厦家刊印的木刻版翻译而来。

此木刻版的规格为46厘米×9厘米，共122页。藏文全名为《一切知语自在法称祥妙本生记殊异圣行妙音天界琵琶音》。藏文本每张木片的背面竖眉皆印有“仓央嘉措秘传”的字样。

此《秘传》不同于第巴桑结嘉措所记的有关仓央嘉措风流离经之行事的那一本《六世一切知者仁钦仓央嘉措秘密本生传记》，作者是自称为六世达赖仓央嘉措“微末弟子”的额尔德尼诺门罕阿旺伦珠达吉，又名拉尊·阿旺多尔济。

阿旺伦珠达吉，出生于阿拉善旗当地的一个蒙古族贵族家庭。他亦是阿拉善旗第一大寺庙广宗寺的第一代喇嘛坦（俗称“活佛”）。相传，阿旺伦珠达吉从西藏修习归来，在阿拉善旗广宗寺兼任大喇嘛期间，曾试图以西藏之法炮制政教合一的局面。

也因此，他与阿拉善旗当地王爷有根本的利害冲突。也导致他最后被王爷谋害致死。死后，王爷命人将他的头颅埋在定远营（今内蒙古自治区阿拉善盟巴彦浩特镇）南门的石坎下。并自此，广宗寺的喇嘛们形成一种习惯，每进出城门，不敢直接横跨门槛，会从两侧绕行。

阿旺伦珠达吉的生平详情亦是谜题，尚有待考察。他大约生于公元1715年，出生在贵族之家。父亲班子尔扎布台吉（《秘传》译作“巴匝加布台吉”），是阿拉善第一任旗王和罗理胞弟的后裔，曾担任旗协理一职。

较之于扶植仓央嘉措坐床入宫的桑结嘉措所作的可信度极高的本生记，阿旺伦珠达吉所作《秘传》内容大多为正史所不载，所以，称之为“外传”许更为妥帖。

在《秘传》当中，阿旺伦珠达吉多以第一人称叙述，间或夹杂尊者亲口所述经历。内容基本与《西藏民族政教史》当中所叙吻合。原文共分三章。第一章讲述尊者仓央嘉措诞生、剃度、坐床等情形；第二章写尊者仓央嘉措为利益众生而苦行、修持之情形；第三章则是叙说尊者仓央嘉措驾临多麦地区造福圣教众生及最后圆寂的情形。

作者在楔子当中这样写道：“笔者在此，凭天理报应为证，出自一片赤诚，谨修此上师尊者的本生传记。本文资料一部分来自尊者口授时的记录；一部分来自笔者的见闻经历。凡尊者言谈所及，笔者脑海所藏，俱加荟萃，著而成文。”

此《秘传》成书于公元1757年，即藏历火牛年。在贺兰山下完成全书。是年九月，由拉萨哲通厦家刊印，在民间流传。

阅读《秘传》时，心似教徒，是极虔诚的。每读至尊者仓央嘉措大显神通之处，心中总是不禁惊动。盈满那种在幽深石林深处觅得奇草异宝的欢喜。仿佛自己不经意便身临其境，于低微潮湿之处，瞻仰尊者的炽烈之光，似果真可以此谋得半分福祉。

你盘坐也好，静卧也好。
你沉默也好，轻语也好。

你悲悯也好，恩慈也好。
你爱我也好，不爱也好。

你是圣者。
我是凡人。
你在天上。
我在人间。

但我知道，你是我，全部的佛光和真相。

但我知道，你是我，全部的未来和幻想。

是真的以赤子之心面对他，记述他，表达他，赞美他。记起那日，独自坐在拉萨的玛吉阿米酒馆里，喝的虽是极普通的酒，周身各色游客亦是络绎不绝，但心中却依旧有一种无法言说的好。只因听说，他也曾流连在这里。

其实，包括《秘传》在内，所有传说、争议、赞美、诋毁，都不是重要的，重要的是，心中是否有信。若是心中不信，佛也会黯淡。若是心中有信，你就知道，见他遥遥站在历史深处，纵是日日受尘沙、大风侵蚀，也定然是心中爱喜的你所需要的圣洁模样。是不能被损毁，不能被遗忘，不能被动摇，不能被替代的。

在而今这个时代，缺的不是刨根究底的真相，不是支离破碎的纠缠，而只是一个意象，一种情结，一处爱与温暖的归宿。于是，因缘使然，他出现在世人眼中，住进世人的心里。成为，你我心中虔心向之的，仓央嘉措。

隔着幽深漫远的三百年时光。

02。降世

佛典《杂阿含经》曰：

此有故彼有，此生故彼生。

此无故彼无，此灭故彼灭。

在藏传佛教当中，活佛承继制度的历史十分久远，活佛圆寂之后寻找转生灵童，亦是藏传佛教当中最为盛大的佛事之一。因此，每一个活佛体系当中的活佛都是互为前世与来生的。譬如，达赖体系当中，尊者仓央嘉措与五世达赖喇嘛罗桑嘉措，便是如此。

公元1682年。五世达赖喇嘛罗桑嘉措圆寂。次年正月十六日，洛桑仁钦仓央嘉措降生。是日，天降异象，七日同升，黄柱照耀，预言为莲花生转世。亦即五世达赖喇嘛罗桑嘉措的后世。

尊者之降生，意味五世圣僧大宝即五世达赖所应教化的众生已尽，六世本身之菩提发心与宏愿实现的时刻已到。彼时，圣光笼罩人间，是圆满之日；是芸芸众生悉归十善之途，世间脱离战乱、瘟疫和灾荒的太平时日。

十善者，一不杀生、二不偷盗、三不邪淫、四不妄言、五不绮语、六不两舌、七不恶口、八不悭贪、九不嗔恚、十不邪见。此中前三为身业，中四为口业，后三为意业。业者，事也。若持而不犯，则为十善。若犯而不持，则为十恶。

十善，即十戒，十戒源于五戒：一不杀生，二不偷盗，三不邪淫，四不妄语，五不饮酒。十戒又与五戒不同。五戒侧重止恶，十戒侧重行善。十恶分上中下，感地狱饿鬼畜生三恶道身。十善分上中下，感天人阿修罗三善道身。善因感善果，恶因感恶果。决定无疑，丝毫不错。

十善当中，不杀、不盗、不淫、不妄，即是五戒之四戒。

其余六善：

绮语者，谓无益浮词，华妙绮丽，谈说淫欲，导人邪念等；两舌者，谓向彼说此，向此说彼，挑唆是非，斗构两头等；恶口者，谓言语粗恶，如刀如剑，发人隐恶，不避忌讳，又伤人父母，名大恶口，将来当受畜生果报，既受佛戒，切莫犯此；悭贪者，自己之财，不肯施人，名之为悭，他人之财，但欲归我，名之为贪；嗔恚者，恨怒也，见人有得，愁忧愤怒，见人有失，悦乐庆快，及逞势逞气，欺侮人物等；邪见者，不信为善得福，作恶得罪，言无因果，无有后世，轻侮圣言，毁佛经教等。

然此十善，总该一切。若能遵行，无恶不断，无善不修。以不净观离贪欲，以慈悲观离嗔恚，以因缘观离愚痴，以诚实语离妄语，以和合语离两舌，以爱语离恶口，以质直语离绮语，以救生离杀生，以布施离偷盗，以净行离邪淫。是为十善。

松赞干布时期，大臣吞弥桑布扎最初翻译的几部佛经中即有一部名为《十善经》。以为记。

藏历是阴阳合历。由于受到汉历的影响，从9世纪以来，藏历也一直采用干支纪年法，不同之处是藏历以五行代替十干：甲乙为木，丙丁为火，戊己为土，庚辛为铁，壬癸为水；以十二生肖代替十二地支即子为鼠、丑为牛，依次类推。

譬如，农历的甲子年，藏历当中便被称为木鼠年。干支60年一循环，藏历叫“饶琼”。他降生这一年，是藏历第十一饶琼水猪年。

假托由莲花生大士所说的《五部遗教》之一的伏藏经《神鬼遗教》第二十四品载，预示了尊者降生时年为“水界葵癸年”，亦即藏历水猪年。

骄傲所生战乱日，
心生厌离皈教法。
莲花生大士幻化身，
有缘生于水界葵癸年，
教主乌金岭巴将临世。

又有密宗师日增·戴达岭巴于《霹雳岩无上甚深精义》中做如下授记，亦预示出尊者降生之方位，即藏地雪山西南一隅。

秉此业者，
将于香拔雪山西南隅，

降生成为众生主，

执掌圣教护苍生。

关于仓央嘉措的降生之地，历来材料一致。隆多喇嘛阿旺罗桑嘉措曾撰文写到尊者“生地为沃域松，或以三湖著名之错那”。阿旺伦珠达吉在《秘传》中，写明尊者降生之地是在“纳拉沃域松”。以上观点与西藏民院也曾在调查当中说到尊者的“原籍是门隅夏日错所属的派嘎”基本一致。

在学者于乐闻的《仓央嘉措生平疏议》一文当中有记：

> “域”为“地方”之意，“松”为“三”之意，“域松”即“三地”。“沃域”为“洼地”之意，“沃域松”即“三洼地”。“纳拉”为“鼻山”之意。“纳拉沃域松”即“鼻山下之三洼地”。以上三种称法，实指一处。“域松”（或“沃域松”、“纳拉沃域松”）并不是具体村镇之称，而是对一个地区的泛指，带有“地方”、“地带”和“地区”的意思。

据此，尊者故乡应当是门隅地区一名为“纳拉沃域松”的地方，亦即今达旺一带。此降生之地本是乌仗那第二佛祖莲花生大士曾经加持过的宝地。此处，绿林密布，瑞草花果无数，是福被恩泽之地。

门隅，是门巴族人的主要聚居地。且门巴族人多信奉红教（藏传佛教的派别之一）。红教与班禅达赖所属的黄教派支不同，红教信众是可以结婚生子的。也因此，才有了后来仓央嘉措的诞世。也因此，尊者仓央嘉措是门巴人，所以族人都引以为荣。至今，亦将传说尊者幼年所使用的小茶具、小器皿、小衣物，存放在达旺寺中留念，珍藏至今。

门隅，因了尊者仓央嘉措，变得与其他地方有所区别。它是尊者的家乡所在，是尊者的转生之所，亦是尊者一生一世福佑众生的始端。

见你，
独坐菩提树下，
静默不语。

前世，
今世，
来世。

一袭袈裟，

一缕梵唱，

一世别殇。

幽幽地，一切有了开始。

03 旧路

关于尊者仓央嘉措的家族背景。

据西藏民院调查，“仓央嘉措的父母是贫苦农民。家境本来贫寒……舅父顿巴和姑母又贪财如狼，夺走了他家仅有的财产和房屋。六岁时父亲去世，他随母亲过活。做过放牛娃……”。虽记载详尽，但是否有据可考，当中是否有传说作料皆不可知。

隆多喇嘛在《隆多喇嘛全集》当中与阿旺伦珠达吉在《秘传》当中的记载也基本一致。父亲名叫扎西丹增，母亲名叫次旺拉姆。《秘传》作者阿旺伦洙达吉以仓央嘉措“微末弟子”自称，因此撰著此书时虔敬有加，亦有神化。

据《秘传》记：

说到尊者的家族，自天神临凡以来，迄于父祖、母祖七世之间，行止俱无弊端。父母的种姓纯真、贤能、聪慧、正直、坚毅，谦恭寡欲，精于工巧、察相，弃恶从善，明察因果之目光像天空般宽阔。父尊为日增·白玛岭巴之曾孙，讳日增·扎西丹增，得无上密宗传续。

其夫人即尊者之母，为人所共知，品德无瑕，她的父母先辈也都仪态端庄，容貌姣美。她声誉圆满，懿德昭著。未经临盆，知礼仪，乐捐施，笑容可掬。聪慧、谦恭、无畏、博闻、贤能。无妄诈，无恚怒，远离嫉妒悭吝。不桀骜，不懒惰，不喧嚣。忍让有信，守廉知耻。贪、嗔、痴之毒极少，妇人之弊端绝离。持家有方，谨守闺道。各种功德，堪称圆满。

凡《普曜经》中所载诞育圣者之佛母应备的三十二种功德，毫无欠缺。圣母讳杰日·次旺拉姆，诞尊者于水猪年。适符于前此之预言。是时，七日同升等瑞兆多次出现，奇妙无比。

一切是缘。是命数。是往生因果业报。男子扎西丹增，女子次旺拉姆，本是一双陌路人，却受冥冥之中的神之指引，相识，相知，相爱，相结合。然后，喜结爱果，诞下一子。

扎西丹增与次旺拉姆之间的故事，理应简单自然。一如在本书“有情篇”当中所写，是极真切、极纯挚的。彼时，她俏丽贞静，他敦厚奋进。一如世间所有的平常男女，平顺地相识，温柔地相爱。

阿旺伦珠达吉的《秘传》语词主观，不乏对尊者父母身性的刻意拔高。所以，尊者父母是否果真如《秘传》所言一般神圣圆满，倒是有待商榷。依我所见，尊者父母许只是一对平素男女，或有不凡貌，但终究应该只是心意纯善，安稳度日的寻常人。

关于尊者仓央嘉措的隐秘童年。

彼时，西藏处于一个严重的政教动乱时期，各方势力觊觎西藏政权。五世达赖圆寂之前嘱托已任职第巴的弟子桑结嘉措，隐匿自己圆寂的消息，并暗中寻觅灵童，以防其他势力阻挠，将之抚养长大之后再迎回拉萨。桑结嘉措依照五世嘱托，寻得灵童之后，封锁消息长达十五年的时间。

公元1684年，尊者仓央嘉措两岁。他被第巴桑结嘉措派人秘密安置在巴桑寺，且派来高僧曲吉和多巴教习尊者佛法。在尊者仓央嘉措被雪藏的十五年间，尊者所习的佛教经典更是广博繁杂，涉及各大教派。当中尤值得一提的便是，尊者遇得《诗境》之后，深度沉迷于诗歌。

尊者天资卓绝，所以修习之艰辛之于他来说，却非难事。在《秘传》当中亦有记载："凡一切藏土所有的教派如萨迦、格鲁、宁玛等，无论显密，不分流派，全都加以闻习。"

彼时，桑结嘉措对尊者在佛法方面的修习十分重视，且严苛。尊者幼年时，脾性活泼，时常在上师讲法之时，来回走动，不合规矩。每当这样的时候，上师总会语词恳切地告知尊者，若是尊者的功课稍有怠慢，第巴必当严厉责罚各位上师。如是再三，仓央嘉措方才渐渐静定心意，安心修习。

尊者仓央嘉措被雪藏期间，光阴待他不薄。一切都是有条不紊、温煦发展。直到仓央嘉措六岁那一年，亦即公元1689年，他方才遇到生命当中第一次剧恸。这一年，尊者的生身之父扎西丹增去世。他也因之以非寻常幼童的智慧，勘破生死。

公元1696年，藏历火牛年，第巴桑结嘉措方才公开了五世圆寂的消息以及仓央嘉措的活佛身份。是年，藏历九月十七日十五时三分，仓央嘉措在浪卡子由无量光佛化身五世班禅额尔德尼一切知罗桑益西剃度受戒，进法号为“一切知洛桑仁钦仓央嘉措”。

藏历十月，尊者仓央嘉措，被拥迎入宫，正式坐床。

此处《秘传》做如下记载：“藏历十月，正当诸空行如祥云般自行聚集、掌教法王宗喀巴·洛桑扎巴祖师涅槃之吉日即殊胜之二十五日五时三十分，在十方遍胜普陀山布达拉宫司西平措殿登无畏狮子大宝法座，成为天、人众生的救主。”

并在此时由康熙帝所派遣的使臣章嘉呼图克图上前呈献了皇帝封诰、贺礼和敕书，并授予尊者封文。至此，尊者仓央嘉措方才正式被认定为“第六世达赖喇嘛”。

关于尊者仓央嘉措的苦难经历。

而今，且不再说那一些与他有关的少年与青年时期的情之欢喜，爱之深痛，那一些流传已三百多年的伤欢悲喜笔者在本书“有情篇”当中已做了详尽的讲述。此处略提，不再赘述。只知，爱之于他，亦是一种修行。

活在乱世，生之轨迹便就往往由不得自己心性驱使。会有不可预期的考验、磨砺，甚至灾难。伴随着羞辱、诋毁，以及陷害。尊者仓央嘉措一生命途多舛，自被迎回布达拉宫大行坐床之典后，一直为拉藏汗所不容。

汗王是清政府册封的西藏政治领袖。达赖和班禅则是清政府册封的西藏宗教领袖。在这一片神秘藏地之上，汗王和达赖、班禅始终是互相牵制的两股力量。在前藏地区（以拉萨为中心），自五世达赖喇嘛建立政教合一的甘丹颇章政权开始，汗王势力大不如前。

直至和硕特部固始汗之孙拉藏王子继任汗王之后，野心膨胀，一心想要取代格鲁派在前藏的影响，欲独揽政教大权。因此，作为格鲁派五世达赖的弟子第巴桑结嘉措所扶植起来的六世达赖仓央嘉措，便是拉藏汗眼中时刻想要拔出的一根眼中钉。

尤其是在得知桑结嘉措隐匿五世圆寂消息长达十五年之后，拉藏汗心中震怒不可遏制。便在康熙皇帝面前一再挑唆，夸大尊者仓央嘉措日常行径，对尊者仓央嘉措的活佛身份表示质疑。后来，康熙无奈，便派遣精于相术的人入藏，验明结果。

当时，此人入藏面见仓央嘉措之后，请仓央嘉措赤身坐于座位之上，待他围绕圣体前后左右一一顾看，细察体相。但相术师回馈于康熙皇帝的结果却令拉藏汗大为不满。相术师认为："大德是否为五世佛祖之转世，我固然不知。但作为圣者的体征则完备无缺。"

生命是幻觉，无人可掌控。此一处的困境刚刚淡静，彼一处的战争一触即发。公元1705年，第巴桑结嘉措与拉藏汗之间的矛盾激化，终于爆发冲突。以第巴桑结嘉措兵败被拉藏汗诛戮告终。彼时，尊者仓央嘉措正是笔者而今的年纪，二十三岁。

桑结嘉措一死，摧毁仓央嘉措对于拉藏汗来说便要容易得多。拉藏汗又几经周折，上书康熙皇帝，列举仓央嘉措种种不合规矩的行径，请求废黜仓央嘉措。

鉴于当时西藏复杂的政治环境，康熙帝小心翼翼，虽心中对仓央嘉措存有疑虑，但也同时对拉藏汗势力有所提防，因此最后便下旨派人进藏押解仓央嘉措进京，再做定夺。貌似解决了拉藏汗的难题，实则不过只是康熙帝自己的缓兵之计，并未绝对对仓央嘉措痛下狠手。

于是，公元1706年五月十七日，尊者仓央嘉措被押解京城。根据正史记载，这年冬天，一行人行至青海湖畔，尊者仓央嘉措，匿迹。

04。生死

是年，尊者仓央嘉措二十四岁。

二十四岁。正是朝阳年华，是充满无限寓意的青翠时光。如斯年岁，换作平常男子，理应过着蓬勃如歌的潇洒生活。他却背负着厚重往事，满心孤绝与沧桑，被迫独自离开故乡，被人禁束，踏上一条不可归的去路。

尊者六世达赖仓央嘉措的生死之谜历来为人争议不止。各路学者对此谜团亦是各有圆说。但多数人都依据正史当中只言片语的记载，认为仓央嘉措是在进京面圣的途中路经青海湖畔之时，患病而亡。

世间苦痛，皆源自无明。《维摩经》有偈，“佛为增上慢人，说离淫怒痴为解脱耳。若无增上慢者，佛说淫怒痴性，即是解脱”。青海湖一劫，之于尊者仓央嘉措而言，是真正的脱困之解。亦是远离一切爱憎、嗔怨、祸端的机缘。

曾在本书“有情篇”当中论述到仓央嘉措青海湖一劫之后的生死归宿，而今学者持有的论点可按死亡地点不同分为三种。第一种是认为尊者于青海湖畔圆寂。第二种是认为尊者于五台山圆寂。第三种是认为尊者于阿拉善旗圆寂。

关于第一种说法。

此说法主要依据是《清史稿》当中的记载。据《清史稿》记："四十四年桑（即桑结嘉措）以拉藏汗终为己害，谋毒之，未遂，欲以兵逐之。拉藏汗集众讨诛桑结。诏封为翊法恭顺拉藏汗。因奏废桑结所立达赖，诏送京师。行至青海道死，依其俗，行事悖乱者抛弃尸骸。卒年二十五（虚岁，实二十四岁）。时康熙四十六年。"

又有《清实录》载："拉藏送来假达赖喇嘛，行至西宁口外病故。假达赖喇嘛行事悖乱，今既在途病故，应行文商南多尔济，将其尸骸抛弃。"《蒙藏佛教史》记："（尊者仓央嘉措）年至二十有五，敕入觐。于康熙四十六年行至青海工噶洛地方圆寂。”

以上记录大同小异，都是支持第一种说法的主要依据，但说法都模棱两可，并不详尽。学者于道泉曾在《仓央嘉措及其情歌研究》的“译者小引”当中写得比较详细：

拉藏汗乃取得皇帝之同意，决以武力废新达赖而置之死地。即以皇帝诏，使仓央嘉措往北京。而蒙古卫兵及一心腹大臣伴行。路过哲蚌寺前，寺中喇嘛出卫兵之不意，将仓央嘉措夺回，带往纳革刍喀。康熙四十五年（1706）仓央嘉措二十五岁，在纳革刍喀被杀。而依照汉文的记载则说他是到纳革刍喀与青海之间患水肿病而死。

以上几处文献记载都基本认为尊者仓央嘉措是病逝于青海湖畔。但在国外学者眼中，以为不可简单论断为病死。比如意大利传教士H.霍夫曼便认为仓央嘉措是“在青海湖附近去世，很可能是凶死。时在1706年”。

但后来的学者伯戴克在参考了大量汉藏文献和外文资料之后，在论述当中，再次提到“病死”一说：“（尊者仓央嘉措）于1706年11月14日死于公噶瑙湖附近。虽按意大利传教士的说法，传闻他是被谋害的，但汉、藏的官方记载都说他死于疾病。而我以为没有什么充分的理由可以怀疑它的真实性。”

但无论是病死还是他杀，源自官方记载的说法的真实性并不完全可靠。尤其是对于在当时政治环境极为复杂的西藏地区的政教动乱，朝廷记录在册时，极有可能限囿于政治需要，篡改了事实。因此，尊者仓央嘉措“死于青海湖”一说难以服众。

关于第二种说法。

此说法主要来自于近代学者牙含章在《达赖喇嘛传》当中的记载。当中提到：“另据藏文十三世达赖传所载：‘十三世达赖到五台山朝佛时，曾亲去参观六世达赖仓央嘉措闭关坐禅的寺庙’。根据这一记载来看，六世达赖仓央嘉措被送到内地后，清帝即将其软禁在五台山，后来即死在那里，较为确实。”但此说法论据单薄，除此之外，别无文献资料可予以支持，因此也是不足为信。

关于第三种说法。

此说法认为尊者仓央嘉措并未于公元1706年圆寂，而是从青海湖畔遁迹之后另有新途。

汉文资料法尊大师所著《西藏民族政教史》记载：“（尊者仓央嘉措）行至青海地界时，皇上降旨责钦使办理不善，钦使进退维艰之时，大师乃舍弃名位，决然遁去。周游印度、尼泊尔、康、藏、甘、青、蒙古等处。弘法利生，事业无边。尔时钦差只好呈报圆寂，一场公案，乃告结束。”

这与1957年民族社会历史调查当中关于内蒙古自治区阿拉善旗的一份报告材料所记内容较为一致。认为，仓央嘉措是行至青海湖畔贡嘎瑙尔（与上文言及的“工噶洛”、“公噶瑙”指代同一处，《秘传》中称为“更尕瑙尔”）地方，于冬日雪夜倏然遁去的。

且尊者仓央嘉措在三十岁之后收班子尔扎布台吉之子阿旺多尔济为徒，并在当地弘扬佛法。直至公元1746年，方才坐化。这与阿旺多尔济所著《秘传》当中的记载也是一致的。

《秘传》汉译者庄晶在《导言》中也提到，考古学家贾敬颜曾在阿拉善旗得知阿拉善广宗寺内在“文革”之前保存有仓央嘉措的肉身塔，并有部分仓央嘉措的遗物存于寺内。所以，庄晶也认为尊者仓央嘉措最后于阿拉善旗圆寂的说法，是目前为止论据较充分的一种。

于是，或许果真最具神秘色彩的《秘传》当中所记与尊者仓央嘉措有关的步迹方才是与真相最为接近的。

而今这个世代，谁人心中不会无所或缺。最令人心中阙如的，便是人情世爱。直到有一日，他的诗歌被人发掘出来，当中暧昧流转，令人馨暖。于是，口耳相传，世人称他的诗作是情诗，而“仓央嘉措情诗”至此，便成一绝。

每个人心里都住着一个仓央嘉措。每个人心里都应该住着一个仓央嘉措。因他爱之博广，盈满你我空荡心房。于是，说他一世一生止于青海湖畔，是决然无法令人信服的。都说而今的时代只有故事，再无传奇。可，若是仓央嘉措都不成传奇，那么，还有谁可成传奇?

时光若许你宽阔平静，那么一切都不是阻碍。

观世音化千万身调伏众生。
他未成圆满，岂能西去。

佛家常说，欢喜赞叹。
他是欢喜，爱是赞叹。

05. 新途

青海湖。

古代称之为“西海”。在藏语当中叫作“错温布”，意为“青色的湖”；蒙古语里，称它为“库诺尔”，即“蓝色的海洋”。又因青海湖一带早先属于卑禾族的牧地，所以又叫“卑禾羌海”，汉代也有人称它为“仙海”。从北魏时期开始，方才更湖名为“青海”。

关于青海湖，有个美丽传说。千年以前，大唐和吐蕃王朝联姻，文成公主远嫁吐蕃王松赞干布。唐太宗贞观十五年，即公元641年，文成公主在唐送亲使太宗族弟江夏王李道宗和吐蕃迎亲专使禄东赞的伴随下，出长安前往吐蕃。松赞干布在柏海（今青海玛多）亲自迎接，谒见李道宗，行子婿之礼。之后，携文成公主同返逻些（今拉萨）。

相传，文成公主临行前，太宗皇帝赐给了公主一枚日月宝镜。据说此镜可以观照出家乡旧景，以慰公主思乡之情。在柏海，松赞干布接文成公主返回西藏之时，公主心知此一去便是与故家隔绝了一生一世。遂心中思乡情涌，一时不能自抑，便取出日月宝镜，观照家乡之景。

果真，在宝镜当中，她看见了熟稔的长安世景，车水马龙，繁华如昨。心中激动，泪如泉涌。但文成公主是心意铿然胸怀家国的女子，知自己肩负大唐神圣使命。于是，当下决心，横刀一断，要绝了自己的思乡情念。因此，她便将日月宝镜朝天扔出。不想，宝镜落地刹那，闪出一道耀目金光。尔后，大地一阵震颤，宝镜便化作澄净碧湖。

是为，青海湖。

如是。这青海湖，似天然便有一种寓意重生的意味在。是要抛却旧事，远离前生，迎往新天新地之处。一如，它之于尊者仓央嘉措的生命寓意。是极隐秘的，极深邃的，极不可思议的。它，令他

"死"，再令他生。令他匍匐万里，调伏人间，福佑众生。

彼时，第巴桑结嘉措已去。他是佛爷，却孤零零可为拉藏汗轻易覆灭。那一日，他终于得到清政府康熙皇帝的一纸诏令，远离西藏，远离拉萨，远离布达拉宫。远离故园，入京觐见。康熙帝派来使臣席柱和舒兰，除此，随行尊者的只有索、卓二侍者。

时年，尊者二十四岁，藏历火猪年，秋。

尊者一行人向北进发。途经青海湖畔之际，康熙皇帝再下一道诏谕。却一反当初态度，反倒责问席柱和舒兰两位使臣，道："汝等曾否思之：所迎之六世达赖喇嘛将置何处？如何供养？实乃无用之辈。"诏谕申饬极严。一句"实乃无用之辈"，令使臣心颤。

伴君如伴虎。圣旨一下，众人惶恐，唯恐有性命之虞。彼时，使臣实乃揣解皇帝心思，绝不能再贸然行事，却又无万全之策。但，他们有一点可以肯定，佛爷是不能带入京城了。可后方又有拉藏汗威逼。一时间，二人便丢了方寸，失了章法。

几经思虑，两位使臣便恳求尊者曰："为今之计，唯望足下示状仙逝，或者伪作出奔，不见踪迹。若非如此，我等性命休矣。"两人异口同声，神色哀恳切。

纵世人迫害，他亦心似佛陀，要利善众生。见此二人情状，尊者心中自有了周全想法，却也不打算当面道破。几日后，有人闻风，前来朝拜佛爷。那是尊者第一次显露神通。当时，尊者令一人拿来一根木头来到尊者安扎之所，以支布帐。尊者将木头插于土中，当下倒是无恙，竟不想枯木次日成活。

直到一行人行至一处名叫更尕瑙尔的地方，事情方才发生转折。那日，尊者忽然发现有人在帐篷门口和外围的布幔之间徘徊窥望，于是便将这人召进帐篷里。但见那人是一名老者。

尊者问他此地为何处，他又是何人。老人回答，此处名叫更尕瑙尔，自己名叫阿尔巴郎。听后尊者思忖良久，然后说，更尕瑙尔在蒙古语当中是狮子的意思。寓意此处有着共喜、财富及无畏的缘起。是祥福之地。当下尊者即领悟，自己离去的时候，到了。

尊者向三宝祝祷，征兆吉祥。尤其以吉祥天女的授记最为明显。尊者便是依照以上的授记，方才决计离开。

三宝，是指佛宝、法宝和僧宝。佛陀即是佛宝，佛所说的法是法宝，佛的出家弟子的团体僧伽是僧宝。称之为“宝”，是因为它能够令众生止恶行善，离苦得乐，是极可贵的意思。吉祥天女，则是藏传佛教密宗当中一个重要女性护法神。

那夜，尊者只透露索、卓两位使者知道自己将要离开，除此之外，并未告知旁人，包括两名使臣。当夜，尊者“着黄色氆氇衫，外罩红色氆氇大袍，头戴博朵帽，足蹬蒙古靴。随身携带的物品仅有未生怨王的护身宝贝——一只大如鸡卵的舍利母”。

未生怨王，即印度阿阇世王，印度摩揭陀国频婆娑罗王及皇后韦提希的太子。传说阿阇世王出生之后，相术师说此儿生必害父。于是，父母诞下他之后便将他抛到楼下，但他奇迹生还，只折断一根手指。因他处胎时就与父亲结下恶缘，所以频婆娑罗王便给他取名为未生怨。

说回尊者离行那夜。除舍利母之外，尊者只带了“一挂紫檀念珠，挂包内有一个镌有标记的图章，腰间有一日增·戴达岭巴所赐的古降魔橛。除了这些，别无他物”。

然后，暗自离去。悄无声息。

路始终在前方。彼时，青海一劫之后，他回眸再望去，那些支离破碎的过往旧事，便如尘埃，垂落在地，无声无息。那些，他命中注定的男情女爱之修行，而今看来，也已功德圆满，亦成为过去。如是，如是。好似，这之前的二十四年，不过是他此生未开始的开始。

是已完成的过去。

于此，尊者洛桑仁钦仓央嘉措的另一段生命传奇，刚刚开始。

他如白色花树，
融入夜色。
发出光芒。

一步，又一步。
身后是，
青海湖水，
孤绝，苍茫。

倾谈二

入定修观 法眼开

06。佛心

从布达拉山的顶峰上，

圣心所化光辉照四方。

我身所化一贤者，

离开藏北走北方。

为度无怙苍生离孽障。

出自《问道语录》。《秘传》曰："尊者对待北土的无依无怙的芸芸众生，犹如慈母之爱抚患病的独子一般，发深远精微之菩提心，立宏广誓愿，披无上忍耐的坚甲，为激越的慈爱所推动。"

他是这样心怀慈悲地上了路。

那日，他默然离去之后，向东南方向行去。内心是从未有过的孤清，亦是从未有过的丰盈。他知道，此一刻，自己正踏在新生之路上。佛光指引他，内心根植的信念指引他，爱指引他。但他不知，这一路，会崎岖波折，会荆棘遍布，是要磨砺他心中信与念的一条长道。

充满无法估揣的寓意。

深夜时分，万籁俱寂。他正行至一处宽阔地方，却忽然大地震颤，狂风骤起。一时间，好似天地合一，难辨方位。他平生从未见过如此强劲的风暴。一时，不知进退。正此时，他忽然见远处风暴当中有火光闪烁。再靠近，方才看清真相。

是一位牧人打扮的妇人行于前。他心中困惑，如此恶劣情境，竟有如此妇人坦荡行于前方，似无所阻碍，令人诧异。后来，妇人暗示尊者，尾随她行进。直至黎明时分，那妇人忽然隐去，不知踪迹，恰此时，这一场风暴也停息。

再看周身，竟是大地苍茫，沙海沧桑。

至次日清晨，尊者仓央嘉措来到了两座巍峨青山之间。因尊者从未徒步独行如此之远的路途，脚掌因行路时间长久被磨出水泡，此时尊者的身体已极为疲乏。但尊者心中有信，于是他独坐路边小憩之时，默念道：“高贵的终归衰微，聚集的终于离分，积攒的终会枯竭。今日果然。”

世事无常。他由此无常之想，生厌离心。所谓厌离心，是说往昔无知愚昧造作恶业，现在罪垢缠身，当生厌烦追悔之心。内外诸法丑恶虚假，当生厌离，及紧忏悔。但尊者亦明晓，而今得以脱离羁绊，正是三宝的慈悲。他也因此，愈加笃定自己的使命，要做一名纯正的游方朝圣修持禅定者。

虽是可知的一条苦行之路，他深知自己与故土诀别，流浪路上，绝非为求生，但为众生。为众生谋求福祉，为人间调伏祸乱。于是，在这初时，他便已恒定内心，向着佛光，开始漫长的行修生涯。从大地风暴开始，到天地静净为止。

拖着疲乏身躯再动身时，他向一条大路走去。大路之上，恰有一行前往阿日的商人。他们是从西宁回返，因天色尚早，正在马路旁边起灶打尖。彼时，尊者极是口渴，却因不知如何向人乞要一口水而立在一旁沉默不语。

直到商队当中有老人注意到尊者并向他主动发问。老者问他是要去哪里，做何事，是否愿意喝口他们自煮的茶。于此，尊者方才开口表达谢意，并告知自己此刻正口渴难耐。但所说的话也仅止于此，至于来路、去向，皆只字不提。

老人亦是聪慧，见尊者避开问题，也就不再追问。只是大方地邀请尊者与商队为伍，好途中做伴。待尊者与商队的人席地而坐之后，众人都开始注视尊者。因他体态面相皆有一种世外之净，便让人觉得他不是凡人。

但尊者也是无奈。因自己身份特殊，且在这危机四伏祸端四起的乱世，他便不能随意透露自己的身份，以免给周身的人带去灾祸。于是，尊者仓央嘉措生平第一次妄语。他见众人敬畏他，便说自己不过只是普通僧人，因遇强盗作乱，与众僧失散，方才独自流落至此。

而这一番话，更是令商队中那名老人心生怜悯。于是，老人对尊者更是照顾得体贴细致。老人，名叫潘代迦。

与商队相伴的行路途中，天气酷热难忍，尊者又因脚掌被磨出水泡，便疼痛难行，于是，潘代迦让尊者骑上了与商队随行的牦牛。尊者心中十分感动。

虽在潘代迦的指示之下，随行队伍当中的商人再没有对尊者的身份持疑，但因尊者所着披氅质地精良，非是寻常僧侣可着的衣物，于是一路之上，尊者便惹得路遇之行人、队伍皆频频侧目注视。令尊者心恐身份暴露。

最后，尊者心中生出一个念头。若是在这路上能够遇到普通僧人，那么他务必要将自己的披氅脱下，去换一件寻常的僧袍穿上。如此，方才可以避人耳目。尊者心知，凡事都需要小心。他知道，拉藏汗始终虎视眈眈地搜索着自己的行踪。一旦被拉藏汗发现自己的踪迹，与自己相关的所有人也都定然是在劫难逃。

这是尊者不忍见到的。

说来亦是奇巧。正当尊者念想，便见远处有一身着黄色袈裟的僧人行来。于是，尊者当下便立刻下了牦牛，上前询问僧人是否愿意用他的黄色袈裟换取自己质地精良的红色披氅。僧人自然是愿意，只是当尊者换上袈裟之时，商队的人皆倍觉诧异，十分不解。

他们不知，尊者这是在护佑他们。

尊者到底是未经世间疾苦的人，因此，而今流离颠簸数日之后，受晦气熏染，他的面容开始浮肿，身体疼痛，看过去极是憔悴。却也是无法，仍有漫漫前路等他去踏。

商队是要前往一个叫作阿日的地方。但行至大半路途之时，遇见南北岔路。只有往南横渡黄河才不会绕出远路。但彼时正是冬日，无人可知黄河是否已被封冻。在众人犹豫不决之时，潘代迦便问尊者是否会打卦。尊者点头示意。

后来，商队依照尊者的卦象所示，知黄河而今已经封冻，可以行人。便径取南路，去往黄河。行至黄河，所见之景果然如尊者所预料的一样。黄河水已经封冻成冰。见此情状，众人对尊者便愈发敬重。

阿日是商队的故园。抵达阿日之后，潘代迦便极力恳邀尊者小住。尊者见潘代迦夫妻二人执礼极恭便也不再推辞。在潘家所住时日大约两月有余，在这期间，尊者为他们讲法诵经，亦视二老为知己，在二老立誓为他守密之后，他方才隐隐透露了自己的身份。

临走之前，尊者将自己的黄色氆氇上衣赠予二人，以作纪念。也为村落的人做了法事，又把腰带绦穗分别打成线结赠予众人。潘代迦夫妻也为尊者添置了新靴新衣。但尊者仅收下了行路所需的干粮，其他财物一律未受。

离开阿日之后，尊者到了一处叫作阿秀部落拉岗的地方。此地在今青海省果洛藏族自治州内。此处有一个村落，尊者在村落里见到了一座主巴派（帕竹噶举的一个支系，又可分为上中下三个主巴，其奠基人是藏巴甲惹益西多吉）的寺庙。

彼时，寺庙正在施放斋僧茶。于是，尊者便上前领了斋茶。待尊者喝完斋茶正欲离去之时，忽被一僧人叫住。在这陌生之地，他决然是没有任何熟人。当下，尊者亦不知是何缘故，被人叫住。且分明是有意来叫他的。

直到僧人解释完毕，尊者方才明了这当中的缘故。因在尊者抵达此处之前，此僧便得梦，寓示会有如尊者一般模样的云游僧人前来。

而他则务必是要善加供奉此云游僧人。僧人见到尊者上前领茶，便一眼将他看出，正是昨夜梦中所见之人。

也是难以推却，尊者便接受了僧人赠予的食物。虽僧人出手阔绰，但尊者依旧是分文不受的。本来尊者准备下一站去往羌地（即历史当中的南诏国，而今的云南大理，亦可指今云南迪庆地区藏族自治州维西至丽江一带地方），却因故未能成行。

于是，尊者便改变了线路，向嘉绒（今阿坝藏族自治州一带）方向走去。直至遇见一座叫作噶甲的禅院。此禅院属于白若派。禅院附近又有一个白若大师曾居住过的岩洞。尊者便前往岩洞住了几月。因沾大师智慧之光，尊者在此处修行后法力大增，异兆迭次出现。

关于白若派。创自于吐蕃史上第一批受戒出家的僧人“预试七人”之一的白若杂纳。他是藏传佛教史上著名的大译师，亦是宁玛派大德。

公元8世纪末，吐蕃王朝进入了全盛时期。时任吐蕃赞普的赤松德赞个人笃信佛教。于是，他便将印度的两位佛教大师寂护和莲花生迎请至西藏弘扬佛法，并决定要为二位尊者修建一座寺院。

待尊者进行了周全细致的实地勘测之后，最终选址在靠近吐蕃冬宫的雅鲁藏布江北岸兴建，并由寂护设计出建设方案。公元762年，赤松德赞亲自为寺院举行奠基，此后在莲花生的主持下，经过长达十二年时间的建造，到公元775年终告落成。此寺院即是久负盛名的“桑耶寺”。

传说在寺庙初建之时，赤松德赞急于想知道寺庙建成之后的景象，于是，拜请莲花生打卦。莲花生便从掌中变出了寺院的幻象，赤松德赞看后不禁惊呼“桑耶”（藏语意为“出乎意料”、“不可想象”），于是，后来就把这一声惊语作了寺名。是为“桑耶寺”。

桑耶寺落成之后举行了盛大的开光仪式。赤松德赞从唐朝、印度和于阗等地邀请来僧人住寺传经译经，并宣布吐蕃上下一律遵奉佛教。此外，他还亲自挑选了七名贵族子弟剃度为僧，成为桑耶寺的第一代喇嘛，也是西藏的第一批出家僧人，史称“预试七人”。

他们分别是：巴·赛囊、巴·赤协、白若杂纳、杰瓦劫阳、款·鲁益旺波、马·仁钦却、藏勒竹。

之后，尊者仓央嘉措往擦瓦荣方向走去。

读《华严经·入法界品》，当中说“一切佛兴，皆从信起”。离开阿日之后，尊者一路往南。这是他的佛信之旅。于是，义无反顾。

佛在心中。

佛在身外。

07。苦度

公元1708年。藏历土鼠年。七月。

尊者仓央嘉措来到了康区。行至一处叫作道尔格的地方，天花发作。此处十分荒僻，几无人烟。却又是一处林木蓊郁之地。纵目望去，可见各类野生果树，种类极多，令人目不暇接。好一片繁锦之地。

彼时，康区痘疫蔓延，许多村落因此阒寂无人。尊者亦未能幸免，染上了天花。起初，只觉身体不适，十分疲乏。久而久之，便全身浮肿，长出水疮。行至道尔格时，尊者浑身疼痛难忍，于是，尊者便在就近一株葡萄树下休憩。

天花一疫让尊者受尽煎熬。因遍身皆是水泡，坐卧翻身皆不能够。白天，烈日炙烤。夜晚，寒风砭骨。因无人照料，进食饮水都很困难。就这样，尊者历经了数十日。最后昏厥不醒，奄奄一息。

又十几天后。尊者身上的痘疮熟透，化成脓液，以致皮肤与衣物粘黏在了一起，散发出恶臭，引来虫蝇，情状十分凄惨。此时，尊者除了等待，待一切困苦熬过重遇天光，别无他法。自然，尊者不忘在心中向上师三宝祷念。以涤除先前恶业，消弭这方水土之上的瘟疫，为众生祈佑。

一切悲苦都是度。

后来，天花呈现病愈的态势。起初，身体的每一处都疼痛难忍，而今，尊者的胳膊开始恢复力气，可以挪动。于是，尊者就在这株葡萄树下拾取一些熟透掉落的葡萄来食，以此充饥。

虽然病情有所好转，但尊者的天花极为严重。所以，身体依然十分脆弱，干粮也已食完，葡萄数量也是有限。所以，如果再无人搭救或是没有食物补给，怕是这一关难以熬过。若是换作旁人，大约命数也就到此为止了。

但他是活佛，是仓央嘉措。是观音菩萨的千万化身之一，是有佛光护佑的。正当尊者濒死之时，空中突然出现巨鸟。细看才知，是一只巨型乌鸦口中叼着一块兽肉向他飞来。只见乌鸦在尊者上空盘旋几圈之后，便将口中的兽肉丢落在尊者附近。

出家之人本不可食肉，但这一日不同，尊者心知这是佛祖之救赎。于是，他便忍痛取食少许。待体力有所恢复，找到一根拐杖，蹀躞挪行。

往后的路途，依然艰辛。天花尚未痊愈，尊者又因在途中食一种红色野果中毒。真真是要历经这世间苦难，方才能够证悟成佛。后来，野果毒性发作，尊者腹中绞痛，亦是在生死边缘挣扎。却最终依然无事。微痛之中，尊者忽觉头脑沉沉，便昏昏睡去。

梦中，尊者见一少年，美似仙人，且身着黄衣。少年说自己是来迎接尊者的。正当时，虚空之中，尊者听到两道声音。一者告知尊者这路上红色野果有剧毒，是不可食用的。一者又补充说，这野果虽毒，但尊者不是凡人，是可化毒为药的人，所以也并无大害，反倒可以促进尊者身体痊愈。

真真是佛音入耳。

在种种佛音庇护之下，尊者从梦中缓缓醒来。醒来之后，一切苦厄似远离。尊者顿觉诸毒散去、诸病痊愈，浑身都极为舒泰。又有阳光照来，在这冬日，令尊者温暖不已。彼时，世间万象皆呈现出一种祥瑞之气。尊者心知，这一场瘟疫，终于散去了。

之后。尊者翻山、越谷，继续苦行之路。一日，尊者在途中遇到了又一位身着黄色上衫之人。此人甚为神秘。只见他靠在路边一块磐石旁边。此人面善，见尊者途经，便与之攀谈。细聊之后，此人将附近的道路、村落及居民的分布情况向尊者做了极为详尽的介绍。尊者也一一记在心中。

后来，尊者问此人附近可有供僧人修行的处所。此人便告诉尊者，这附近有一处禅洞。当地人都深以为然，觉得此禅洞十分灵通。说罢，此人便隐入密林的深处，不知所踪。此人匿迹之后，尊者便依照此人所说，向禅洞的方向走去。

途中，尊者遇到了一座极大的牛皮帐篷。帐前蓄养了很多的家畜和野驴。适逢尊者干粮已尽，处于极度饥饿的状态，于是，尊者便上前拜请施舍。出来迎见尊者的是一位老叟。老叟名叫噶曲迦。此人面目慈祥，是心地纯善之人。听到尊者说自己是刚身患天花的人，也没有避讳，依然热情相邀。

在老叟家中住了大约两日。两日后尊者再次向老叟打听之前所遇黄衫之人提及的禅洞。老叟一听便知尊者所问是何处。那禅洞，在当地被称为“灵验岩窟”，有一上一下两个禅洞。并有传说白若大师的弟子宇扎宁布曾在洞中修行。且上面那个禅洞相传是乌仗那大师（即莲花生大士）曾经居住过的。

得知具体方位之后，尊者便在噶曲迦的陪同之下来到禅洞。洞内仍保有许多手足的印迹，且有几尊古旧的佛像。但整个洞内竟纤尘不染，令人惊叹。当夜，尊者便安居洞内。次日，噶曲迦和他的儿子用牦牛为尊者运来了日常用物。且不间断地为尊者提供食物，令尊者感动。

禅洞分一上一下，尊者便在两个洞中轮流修持。

一日，之前尊者路中所遇的神秘黄衫人再次出现，并对尊者说自己是这方的土地神，希望尊者可以在这方水土住上一年，至少，也要驻足几个月。日常需用则无须尊者挂虑，他自会帮尊者解决。语毕，再次消失不见。

尊者虽在此处未住满一年，但也依照土地神所说，住了三个月。而后来，尊者得知，噶曲迦正是土地神生前之子。在禅洞修持圆满之后，噶曲迦为尊者准备了食物，并教会尊者生火做饭，以免途中干粮用尽挨饿。然后，亲自送出尊者长达一天的路程，方才折回。

之后，尊者再次独自启程，行往察科方向。

在藏地，密宗高僧经常会选择一处清静的禅洞进行苦修。相传，当初的莲花生大士建立第一座寺庙桑耶寺的青朴山，而今仍有多达40余个禅洞供修行之人苦修使用。

据说，在高僧大德曾经修持使用过的禅洞当中修行，因法缘殊胜，可得更好的精进。并时而会发现前人留下的典籍，或是器物。藏传佛教史上，许多高僧大德都会在修行之后，将自己修习使用或亲自撰写的心得典籍埋于山洞之中，留给有缘人，即所谓“伏藏”。

其实，总是会有这样或是那样的人出现在尊者的旅途当中，扮演这样或是那样的角色。苦难濒死之时，自是有人搭救；迷茫困惑之时，亦会有人指引。但无论善恶，一切都是命中所定，是佛祖为他定下的劫数和路途。却不可言说。

如《胜天才王般若经》语:

一切诸法皆不可说,
其不可说亦不可说。

08。返藏

二十余日之后。

尊者来到察科村。先是在村里住了三天，然后便去往察科寺。察科寺是尊者的上师曲吉·阿旺扎巴的禅林。曲吉即是当年第巴桑结嘉措秘密派往门隅寻找灵童的两位高僧之一。因此，察科寺的一切律仪皆秉承格鲁派教义。所以，在察科寺居住的十数日，令尊者深觉心悦和欢喜。

离开察科寺之后，尊者经萨嘎，径赴打箭炉（今四川甘孜藏族自治州的政治经济中心康定县）。在打箭炉，尊者遇到许多从西藏来的商人。尊者本欲再次与路遇的商队结伴同行，但当中有位叫作巴娃的香客极为热情。

巴娃与尊者晤谈之间，讲了许多有关朝圣进香的事情，并且提及佛教圣地峨眉山。峨眉山是汉传佛教的功德具足之圣地，因此尊者仓央嘉措亦十分向往。正欲开口询问峨眉山方向，巴娃却开口说道："如果尊者有意前往峨眉山，鄙人倒是可以陪同前往。"字字合着尊者的意。

巴娃对去往峨眉山的道路极熟悉。两人一路相伴。过江、过桥、过栈道。路遇了几多的汉人商贩。尊者第一次见到如此之多与藏人装扮决然不同的汉人。当中的商贩售卖的茶叶瓷器等亦是在藏区少见的。且尊者不会汉话，因此一路都是巴娃充当翻译。

大约步行了十天的时间，二人来到峨眉山前。山前有一座城，城内有一座汉传佛教的禅院。于是，巴娃便入院进香，顺便请禅院当中的僧人为尊者介绍了峨眉山。僧人说，此处极妙，兰若、殿宇极多，亦有各色花草、山泉，景色甚美。又说峨眉山，"山势巍峨，高及日月。种种功德，不一而足"。

兰若，是佛教名词，原意是森林，引申为"寂静处"、"空闲处”、“远离处”，躲避人间热闹处之地，有些房子可供修道者居住静修之用，或一人或数人。也泛指一般的佛寺。

听僧人如此一说，尊者更是心向往之。

也不知何故，当尊者登临峨眉之时，巴娃一如尊者曾路遇的神祇，也神秘消失。彼时，则另有一名汉僧登山拜佛，见尊者异装，便猜出尊者应是从藏区远道而来，于是，便主动邀请尊者与自己相伴而行。山上寺庙果真极多，各色美景也是应接不暇。尊者与那汉僧花了整整十日，方才将峨眉山大小寺庙朝谒完毕。

从峨眉山离开，尊者心中忽生思念。许是做久了异乡人，心中仍有些微羁绊未能彻底放下。因此，十分怀念故园人事。拉萨的山。拉萨的水。拉萨的土地。拉萨的天。还有，布达拉宫里的幼小喇嘛和高僧大德。甚至于八廓街上的鼎沸人声亦有一种莫名的牵引，令他心中分外感伤。

于是，尊者决定，秘密返藏。

公元1709年，藏历土牛年。尊者重新踏上了返回西藏的路。返藏路途之上，尊者第一站抵达了理塘。

理塘，位于今四川省甘孜藏族自治州西南部，海拔4014米。理塘亦曾被传作是尊者仓央嘉措的诞生地。除此之外，第七世达赖喇嘛格桑嘉措、第十世达赖喇嘛楚臣嘉措、当时蒙古佛教精神领袖哲布尊丹巴、拉卜楞寺第五世嘉木样活佛均诞生于理塘。

尊者先是在理塘寺小住，但因理塘寺堪布认识尊者，怕身份泄露引来不必要的杀身之祸，于是，短暂停留三日，尊者便匆匆离开。路上，尊者遇见了一件世间罕有的事，令尊者终生难忘。

佛经里说："施舍之达彼岸者，如诸佛子为得涅槃，成千次将自己的头颅抛舍。"又说："人首，是各种器官中之最胜者。首断，不复活矣。"但这世间有千万人，便有千万形状，千万归宿，千万之不可思议。

而尊者竟遇到一个断首的活人。亦不知是否还可将之称为"人"，但生命未枯，依然会饥，会渴。尊者遇到的这户人家，只有一名女子跟那个无头人。无头人本是妻子的丈夫，因颈生瘰疬，最后脖子断掉，丢了脑袋。但即便如此，竟也已存活三年。

尊者见状，深觉凄惨。无头人虽不能言，却仍有四肢动作。譬如捶胸，便表示他腹中饥饿。此时，妻子便会往颈子当中的食道里喂入糌粑糊。只见食道一张一合，便将食物咽下。尊者虽知晓世间千万离奇，但面见此无头人，依旧是心中慨然。

从理塘出发，辗转向西，去往巴塘。在巴塘，尊者又遇到一对身世极是凄惨的姐弟。那日，是在尊者化缘之时，走进一间屋，却发现屋中只有一对少男少女，女孩十二岁，男孩九岁。再无旁人。

细问之下，方知，姐弟的父亲早逝，母亲亦因患天花而僵死。尸体依旧在灶前。离去以前依然在为儿女做饭，终是不能放下这一双儿女。屋中男孩，也已患上天花，生命垂危。唯有女孩身体尚健康，未被传染。

见到这样的场面，尊者自然心生无限慈悲。当即便为孩子生火熬粥，一点一点给男孩喂下，悉心照料。直到男孩从昏厥当中苏醒过来。

男孩苏醒之后，女孩依照尊者嘱托，寸步不离男孩身边。而尊者则开始为姐弟二人亡去的母亲超度追荐。之后，又将腐烂恶臭的尸体装进一个麻袋，背上身，驮至一个僻静的荒谷当中为之安葬。以此好让这苦命女子能在他世安息。

回到那间屋里，尊者放弃了继续行路的计划，日夜照料姐弟二人。直到姐弟二人的舅父闻讯赶来将二人领走，尊者方才安心，方才决计重新启程，再上路。

是年四月，尊者行至伽马如（今四川甘孜藏族自治州西北）时遇到一名僧人。此人极为神秘。手执一根人胫骨做的号筒，并知道尊者身份，且说是特地前来恭迎尊者。将尊者引往一个山洞。抵达洞中之后，他忽然吹起手中的胫骨号。瞬时，一群牧民装束的人便齐涌而入。当中有男有女。然后大家为尊者举行会供。

所谓“会供”，即是一种佛教仪式。

仪式前会在清净的佛堂及坛城前，摆设食子、水果、鲜花等供品，经由具德上师等僧众修法加持，转换成殊胜圆满之无量五妙欲供品，迎请净土和圣地之众传承持明上师，及寂静、忿怒本尊（佛）、勇父空行（菩萨）、护法众降临聚会坛城上，纳受享用供品。

然后忏悔自己有史以来所犯之戒律、破三昧耶戒（誓言）等罪过，祈请消除所有病痛灾难、烦恼及所知等业障，暂时成就人天中所求皆遂愿（如福慧增长、事业顺利、障碍消除、脱离磨难）之福报，究竟成就持明（佛及菩萨）之果位。

散福之后，众人方才陆续退去。

为一一众生，轮回经劫海。
其心不疲懈，当成世导师。

自《华严经》。尊者如是。

09。女子

在离开伽马如之后，进入西藏之前，尊者遭遇新难。这一路，真真磨难种种。这一次，亦是在意料之外，尊者走到夏贡拉和鲁贡拉两座雪山之间时，遭歹人抢劫。虽无金银无珍宝无可劫盗之物，但仅有的干粮仍被抢去。一时间，尊者的生存又一次面临极大的考验。

正是此时，尊者遇到了那容光清圣的女子。

是在去往嘎采寺的转经路上所遇。此女子容貌极为妙丽，亦极为年轻，却对尊者充满兴趣。初见尊者之时，便毫无拘束地上前询问尊者从何处而来。尊者说自己自康定来，往拉萨去，一心为朝圣。于是，女子便说，而今香客极多，若无要事，还拜请尊者在此处小住。膳食供给均由女子自己负责。

此处也有禅洞，在女子带引之下，尊者来到了一处十分僻静干净的山洞。正是干粮尽断时，女子又热诚相邀，且甘愿亲自供奉，尊者一时也就不再推诿，在洞内住下。

薄暮时分，女子再次出现，并为尊者送来了水、食物以及冬日取暖的柴火。女子心细，将一切日常生活所需的用品一一准备齐全，并告知尊者只要安心修持便好，其余一切日常生活琐事均由她来照料，定会保证尊者生活万事周全。

本来诸事平顺，但某日洞中突然闯入一位不速之客。也是一名僧人，自称是附近寺院的执事僧。但面露凶相，对尊者大不敬。入洞便说尊者用来盛水的坛罐是从他的寺院偷盗而来的。并因此在盛怒之下对尊者大打出手，令人惊骇。

尊者倒是一语不发。因那水坛是女子好心送来，他自不会妄语，将女子供出。但他心知，真相定非如这莽撞僧人所言。因此缄默，任他羞辱。待那僧人发泄完怒火之后，抱着坛罐转身出洞下山。正此时，虽周身无人，却不知因何凭空生出一道力推在那僧身上，让他重重摔倒在地。坛罐因之破碎，人也重伤。

虽不是尊者施法，但定然是神示。以惩戒此狂徒。

后来，女子再来送水。尊者便想要问出真相，但女子始终不语，只说尊者安心修持就好，一切真相日后自明。当夜，尊者便做梦，梦中再见女子，方知她乃神灯天母的化身。不久之后，那僧也梦得真相，前来跪求尊者予以宽恕。

次日，又有嘎采寺的高僧来访。此僧曾在藏区有幸一睹尊者面容，于是再未忘却。这一次，听说禅洞之中有大德修持，便诚意来拜访。却不想，入洞一见，竟是仓央嘉措佛爷。顿时，心中激流暗涌，匍匐在地。虽然尊者一再劝解，但始终不能动摇僧人心意。他知道自己是决然不会认错的，因佛爷的耳、目、口、鼻，轮廓之细微都一一入了他心，极为真切、深刻。

不知是否是神灯天母冥冥之中的指派。自天母不再现身之日，僧人便日日来访，虽自己身患重病，颈后生有肉瘤，却仍将尊者供养得极是周全。

几日之后，僧人邀请尊者去他的住处。不想，尊者竟在僧人住处遇见自己幼年时常常一起的姐姐——曲珍。但而今，曲珍已不是人身，而是落得一个畜身的结果，幻化成一只母猴。

她初见尊者，便极欢喜，而后竟又露出忧郁眼神，并发出悲哀啼声，令人心碎。但尊者一看，便知此畜的真身正是曲珍。幼年时，尊者的家乡有一座坐北朝南的石山。一日，尊者和几个孩童玩耍，忘了时间，于是姐姐曲珍来寻。找到尊者之后愤怒不已，便抓着尊者脖子上班禅大师所赐的护身结，大打出手。

虽事后曲珍心有不忍，懊悔不迭，但终因殴打了菩萨，受到了惩戒。落得而今一个沦为牲畜的下场。尊者再见曲珍，竟是如此场面，无不令尊者心里震痛。

那日，尊者对僧人预言说，待尊者离开之后，曲珍会因思念尊者而死，死后望僧人可以为她火葬，举行烧施，以广聚善根。果不其然，尊者离开不久，曲珍便离世。尊者因心念曲珍，便会不时为她做功德积善根，使她可以早日超生。

若未来世有诸人等，衣食不足，求者乖愿，或多病疾，或多凶衰，家宅不安，眷属分散，或诸横事，多来忤身，睡梦之间，多有惊怖。如是人等，闻地藏名，见地藏形，至心恭敬，念满万遍，使诸不如意事，渐渐消灭，即得安乐，衣食丰溢。乃至睡梦中悉皆安乐。

是人更能三七日中，一心瞻礼地藏形象，念其名字，满于万遍，当得菩萨现无边身，具告是人眷属生界；或于梦中，菩萨现大神力，亲领是人，于诸世界，见诸眷属。更能每日念菩萨名千遍，至于千日，是人当得菩萨遣所在土地鬼神，终身卫护，现世衣食丰益，无诸疾苦，乃至横事不入其门，何况及身。是人毕竟得菩萨摸顶授记。

复次普广，若未来世中，阎浮提内，刹利、婆罗门、长者、居士、一切人等，及异姓种族，有新产者，或男或女。七日之中，早与读诵此不思议经典，更为念菩萨名，可满万遍。是新生子，或男或女，宿有殃报，便得解脱，安乐易养，寿命增长。若是承福生者，转增安乐，及与寿命。

若未来世众生等，或梦或寐，见诸鬼神乃及诸形，或悲或啼，或愁或叹，或恐或怖。此皆是一生十生百生千生过去父母，男女姊妹，夫妻眷属，在于恶趣，未得出离，无处希望福力救拔，当告宿世骨肉，使作方便，愿离恶道。汝以神力，遣是眷属，令对诸佛菩萨像前，专心自读此经，或请人读，其数三遍或七遍，如是恶道眷属，经声毕是遍数，当得解脱。乃至梦寐之中，永不复见。

诵念《地藏菩萨本愿经》，以消业障，超度亡人。

10。甘丹

自嘎采寺禅洞与肉瘤僧人一别，尊者径赴拉萨。

是年，公元1709年。距离尊者离开拉萨已是三年。再一次回到久违的拉萨，重踏故土，竟已隔着三年幽深时光。谁也不知，那当下，尊者是如何以深蚀内心的剧痛来迎对身前的流云山川。

抵达拉萨色拉山后，尊者来到藏传佛教格鲁派鼻祖宗喀巴大师曾经居住过的禅室，秘密息住于内。但尊者未能严密自己的行踪，被杰·格列嘉措上师知晓。格列嘉措知晓后，便只身前往禅室，与尊者秘密相见。二人相惜，于是格列嘉措便决定陪同尊者修持于此。对外则宣称是要闭关静修，不问闲事。

有格列嘉措相伴，尊者在禅室的一个月修持颇有成效，法力精进不少。一月修行结束之时，格列嘉措对尊者甚为不舍，并意欲挽留，但尊者顾念到格列嘉措年事已高，因此还是决然离去。离开色拉山之后，尊者向甘丹寺行去。

甘丹寺，位于拉萨达孜县境内拉萨河南岸海拔3800米的旺波日山上，距拉萨57公里。是格鲁派六大寺（西藏：甘丹寺、色拉寺、扎什伦布寺、哲蚌寺；青海：塔尔寺；甘南：拉卜楞寺）中地位最特殊的一座寺庙，它是由佛教格鲁派的创始人宗喀巴于公元1409年亲自筹建的，可以说是格鲁派的祖寺。

甘丹寺是格鲁派六大寺院之首，亦是最早的一座。并与哲蚌寺、色拉寺合称拉萨“三大寺”，清世宗曾赐名为“永寿寺”。寺院全称为“甘丹朗杰林”。甘丹是藏语音译，其意为“兜率天”，这是未来佛弥勒所教化的世界。宗喀巴的法座继承人，历世格鲁派教主甘丹赤巴即居于此寺。

因为甘丹寺是格鲁派的祖寺，所以，甘丹赤巴也是整个格鲁派的主持，地位仅次于达赖和班禅。甘丹寺山下不远有各莫寺，过去是西藏地方政府四大护法之一的拉莫神巫预言占卜之地，与甘丹寺有着密切的渊源关系。

去往甘丹寺之前，尊者在一位名叫藏朵包巴的人家中借宿。此人是诚善，对尊者敬重有加。为掩护身份，尊者趁白日去近处募化之时，秘密去往了甘丹寺，不为其他，但求礼拜甘丹金身大宝。

那日，尊者打算去甘丹寺，却在寺前受阻。甘丹寺执事见尊者是寺外之人，于是当尊者欲入寺朝拜之时，他便上前横加阻拦。无奈尊者便只能止步，立在寺外。心中生出无限之厌离心，颇为伤感。生之运命不能掌控，而今，连拜睹金身大宝的权利亦失去。

正当尊者准备离去，忽见阎摩护法亲临。此时，为难尊者的那庙祝（寺庙中管香火的人，近同“执事”）登上高梯倾泼祭水，忽脚下一滑，摔坠在地，擦脱了面皮，情状极惨。是为护法之惩戒。

直到几天之后，尊者乔装打扮，混迹于朝圣者当中，方才有机会参拜金身大宝。后来，尊者因心念圣祖上师宗喀巴，却又不便常常乔装出入甘丹寺，于是，尊者便决定在离甘丹寺不远处的一座叫作扎索寺的小寺庙里修行。既可隐蔽身份，亦不远离圣祖上师的甘丹寺。

扎索寺的主持对尊者敬重，因尊者具无上智慧和法力，主持便知尊者绝非是寻常僧人，又因尊者体相殊胜，主持日渐察觉出了尊者的身份。为了保护尊者，主持拜请尊者去他的禅室秘密修持。并自此关门闭户让尊者清心坐关。

就在这一座扎索寺当中，尊者修持时间长达一年有余。这段时间里，除了寺庙上下的周全照料之外，那位叫藏朵包巴的藏人也甘愿日日为尊者烹煮饭食，悉心看护。

任何时辰，只要尊者有难，势必会有人受佛陀启示，前来营救。并给予至为周全的照顾。得如此之多虔心之人照料、相伴，尊者那一年多的修持甚得裨益，法力一再精进。令众人诚服。

出关之后，尊者携闭关时的侍者，名叫格隆俄珠的僧人，一起前往了色拉山南，巡礼桑耶、昌珠、沃卡、墨脱等地。

公元1710年，藏历铁虎年。尊者朝拜了匝日山。匝日山上有一座吉加禅院。尊者在吉加禅院受到了噶举派得道高僧珠托玛布的授法与灌顶。而后，尊者便让侍者格隆俄珠先自回往扎索寺，自己则独居于吉加禅院当中。清苦行修。

数月后，有女子来访。女子说，家中女主人令她来邀请尊者去赴供轮祭场。彼时，尊者并不知来者何人。只觉其诚恳，并且面相纯善，是可信赖的虔心女子。因此，尊者便决定随她去一趟。直至二人行至一个巨大岩洞之前，尊者方觉面前女子不是凡人。

果然，洞门大开之后，道道耀目光线溢出，令人迷醉。尊者随女子入洞之后，洞门自动闭合，宛若神迹。而洞中，真真是别有洞天。金碧辉煌，异宝琳琅。尊者一时无措，不知自己身在何处。不知此处是否还是人间黄土。

直到空行母陆续现身，尊者方才知道眼下女子之前所说的女主人正是金刚瑜伽母。尊者悟得真相之时，众空行母便开始歌金刚之曲，起金刚之舞。一时间，不知昼夜，不知人间天上，只觉佛陀入心，身心舒泰，世间万物似也得到新生。

佛说，三界唯心，万物为识。
彼时，他与万物，幻为一体。

他即是众生。
众生即是他。

他即是佛陀。

佛陀即是他。

众生即是佛陀。

佛陀即是众生。

尊者知，一切因缘际会皆有时。当下的一切相遇，皆是为着更远的重逢。于是，尊者继续走在为众生寻得无上广大智慧和福报的远途之上。去往真相，去往解脱，去往未知远方。

倾谈三

日月游行
绕四方

11. 达孜

公元1710年，藏历铁虎年。

尊者仓央嘉措离开扎索寺，来到了圣祖上师宗喀巴曾经修行过的沃德贡杰雪山。山上有一处宗喀巴修行时所用的禅洞。尊者便入得此禅洞，在此修行共长达十一个月的时间。

据《秘传》载，尊者在这段时间致力于辟谷术的修炼。不食五谷，吸风饮露，法力精进。辟谷术，本是道家修炼成仙的一种方法，后来被各家效仿，因此尊者修习辟谷之术，亦旨在祛除身体毒素，清洁肉体，修身养性。

道教认为，人食五谷杂粮，要在肠中积结成粪，产生秽气，阻碍成仙的道路。《黄庭内景经》云："百谷之食土地精，五味外羙邪魔腥，臭乱神明胎气零，那从反老得还婴？"同时又说，人体中有三虫（三尸），专靠得此谷气而生存，有了它的存在，使人产生邪欲而无法成仙。因此为了清除肠中秽气及除掉三尸虫，必须辟谷。

为此，道士们模仿《庄子·逍遥游》所描写的"不食五谷，吸风饮露"的仙人行径，企求达到不死的目的。辟谷又称"却谷"、"断谷"、"绝谷"、"休粮"、"绝粒"等，即不吃五谷，方士道家当作修炼成仙的一种方法。

但"辟谷术"绝非寻常意义上所说的挨饿苦修。通常，辟谷术在限制饮食的同时需服用少量生药。要选服具有高营养成分的生药为宜，以补充人体必需元素。药物只能少服，不是以药代食。

因此，据《秘传》载，尊者在宗喀巴大师的禅洞中修习辟谷术的时期，亦会采服芸香花精或是吞服石丸。但久久不食人间烟火。

亦是修习辟谷术的功德，尊者曾在修持过程中两度亲见圣景。一次是空中忽然显见五彩光环，光环当中正是圣祖上师宗喀巴，心中有橙色文殊，圣师周围是他的八大弟子环绕。见此圣景，尊者心中生出无限欢喜愉悦。

又一次是见到胜乐金刚显化。《秘传》写："圣者的脸面，手臂，看得十分清楚。右有圣者阿底峡，左有大士莲花生，前面是圣主上师宗喀巴，周围有许多空行母曼舞婆娑。这时米雨缤纷，落满禅洞。煮后服下，心中的欢悦更是难以描述。因为辟谷的功能，通体舒泰，身子变轻，随时可以入定，而且生出能记忆前生等各种神通。"

胜乐金刚，是密教本尊之一。胜乐金刚的造像通常为四个头，三只眼睛，左边头为白色，依次是黄色、红色和蓝色。胜乐金刚的头部则为绿色头光，周身为火焰纹大背光，双脚踩踏仰卧或是趴着的无明邪魔。

胜乐金刚造像的身色通常为蓝色，头上戴有骷髅冠，主臂拥抱明妃，双手持金刚杵，表情呈愤怒状，左手小臂处一般都有一根象征胜乐金刚的金刚杵。身后披白象皮，腰间系围虎皮裙，左右共有12臂，各手分别持有斧子、弯月刀、三股戟、骷髅杖、金刚索、金刚钩、人头面等器物。

公元1771年，藏历铁兔年，七月。

尊者在沃德贡杰雪山禅洞的修持圆满之后，决定去往桑旦林。因绕经山脚再去路途遥远，于是，尊者决定翻山前往。尊者心中时时念佛，因此一路翻山，亦是一路烧香拜去。

那日晴丽。举目可见，皆是明媚。丰沛的日光流泻而下，飒爽铺满人间。尊者行于雪山之上，恰如人间一道光，缓缓、慢慢、绵绵、长长，走出一道人间屏障。

尊者登上山顶再翻山而下时，忽发现雪地之上有奇异足印。上前细看，那足印似犬爪，却分明又要大了许多。正疑惑时，发现动静，于是循声探去。终于远远看见是何物。那兽，原是一头青鬃的狮。而这，亦是尊者生命里第一次见得这百兽之王。

雪上翻行自是不便，亦很艰险。裂罅断谷深不可测，是一眼望不见的黑暗。若是失足跌落，必定是粉身碎骨，定无全尸。一步一步，艰难行进。终至雪山脚下与山林交汇之处，尊者见到一名老僧领着一个小沙弥前来。

老僧真是从桑旦林来的高僧，是当时声名远播的得道高僧云登达杰大师。来雪山脚下，是因为远远见到雪山之巅红光熠熠。但此雪山险峻，素来了无人迹。于是，上前来一看究竟。不想，遇到正翻山而下的尊者仓央嘉措。

云登达杰虔心邀请尊者去往他的住处，但尊者忧心行迹暴露，于是委婉推辞，依旧是选择了一处圣祖上师宗喀巴曾经修持时住过的禅洞。但，福祸天定，无法避过。因此，尊者忧心之时，行迹依旧无奈被人暴露，带来灾祸。

亦正是因为当日尊者翻山之时山巅的红光，许多人都有幸目睹。所以，作为祥瑞，这一景况被人写到塘报之上禀告了官府。这一消息，自官府迅速传入拉藏汗的耳朵当中。

于是，在尊者抵达桑旦林之时，拉藏汗派出探子，查出了尊者的具体行踪。于是，火速派人将尊者拦截在了沃卡达孜宗山。并将尊者关押在了山顶一间陋室当中，派重兵把守，日夜监巡。

仓央嘉措佛爷被关押一事自然是拉藏汗逼迫当地宗本所为。宗本，官名。藏语“宗”为城堡之意。西藏地方政府旧制，以宗为地方行政机构，相当于县；宗本为地方行政官，每宗一或二人。

桑旦林的两名宗本，一个是济桑官品的蒙古人，一个是与尊者相识的仲科官阶的藏人。藏人依旧对尊者敬重，但蒙古人便十分无礼。想必，那蒙古宗本定是蒙古和硕特部拉藏汗的爪牙。对尊者百般刁难，但也是无碍，尊者心有天，心有地，心有大海。

数日后的一夜。尊者正坐定修持，却忽有光照来。尊者睁眼望去，只见满室洁白光辉。抬头望去，但见大威德金刚显圣。

大威德金刚又称大威德怖畏金刚，大威德是藏密无上瑜伽宝生部三本尊之一，是藏传佛教格鲁派本尊之一。密宗典籍中说："有伏恶之势，谓之大威；有护善之功，谓之大德。"画面中央为拥妃大威德金刚像。深蓝色像为男性体，九头、三十四臂、十六腿。拥抱的浅蓝色像为明妃，双臂、双腿、单面。

圣者周身散发银白光辉，手足容颜纤毫可见。待圣影消失不见，那闭锁的室门豁然洞开。寓意尊者逃离。但尊者并未脱走，却是悄步上前叫醒了正酣睡的士兵。士兵见状，心中膜拜，却又碍于如山军令，实在无奈，便又只能将尊者请入陋室，重新上锁关闭。

半月之后，拉藏汗下令将尊者押赴拉萨。十二名士兵看押着尊者，径赴拉萨。待一行人行至果喀拉山口之下，大地震颤，忽起一阵红色风沙，剧烈风沙中，女神从天而降，微言二字，众人皆昏厥跌倒在一边，不省人事。

尊者知自己此一去拉萨，必死无疑。

倒也不是看重生看重死，只是他尚有遥远路途去走，尚有众生要普度，自是不能绝命于此时，绝命拉藏汗的恶手之下。因此，尊者便领悟女神之意，暗随那红色风沙飘移方向行进，日夜蹿行，并抵达了工布地区。

佛说。

为一一众生，轮回经劫海。
其心不疲懈，当成世导师。

12。工布

抛弃快乐和痛苦，

也抛弃从前的喜悦和烦恼，

达到无忧无乐，

安宁纯洁，

让他像犀牛角一样独自游荡。

坚持隐居和禅修，

坚持遵行正法，

洞察生存的危险，

让他像犀牛角一样独自游荡。

摒弃心中五盖，

清除一切污点，

独立不羁，

斩断爱和恨，

让他像犀牛角一样独自游荡。

周游十方，

毫无怨念，

事事满意，

克服险阻，

无所畏惧，

让他像犀牛角一样独自游荡。

不装饰打扮，

不向往世间的娱乐与欲爱，

不涉足繁华之地，

言语真实，

让他像犀牛角一样独自游荡。

自《犀牛角经》。尊者如是。一路踏尘而去。来到工布地区一个叫作甲拉僧栋的地方。尊者慕名前往了乌仗那大师（即莲花生大士）曾经修行过的禅洞。

相传，当年格萨尔王降魔之时曾追逐罗刹女至此禅洞附近。罗刹女降于此处之后，倏忽之间便隐入附近一株巨型大树之中。最后，格萨尔王拔箭将妖魔射杀于树中。大树亦因此枯死。为防止罗刹女复活再起祸乱，乌仗那大师助格萨尔王一臂之力，便用三层磐石压于其上，而今，罗刹女枯干的肋骨伸出磐石之外的尖端部分依然可见。

关于格萨尔王。

传说在很久以前，天灾人祸遍及藏区，妖魔鬼怪横行，黎民百姓遭受荼毒。于是，大慈大悲的观世音菩萨为了普度众生出苦海，向阿弥陀佛请求派天神之子下凡降魔。神子推巴噶瓦发愿到藏区，成为藏人之王——格萨尔王。

在史诗之作《格萨尔王传》当中，藏人更是将格萨尔王神化到不可及之地步。除了在作品中赋予其绝世品格才能，更是将格萨尔王塑造成神、龙、念（藏族原始宗教里的一种厉神）三者合一的半人半神的英雄。

格萨尔王先后降伏了入侵岭国的北方妖魔，战胜了霍尔国的白帐王、姜国的萨丹王、门域的辛赤王、大食的诺尔王、卡切松耳石的赤丹王、祝古的托桂王等，先后降伏了几十个“宗”（藏族古代的部落和小邦国）。功德圆满之后，与母亲郭姆、王妃森姜珠牡等一同返回天界。

尊者即在这样一个功德具足之地禅修数月。

走下去。尊者碰到了在高山之上制取酥油奶酪的一群男子。工布地区的人有这样一种风俗，就是在每年秋天制取酥油奶酪，此事郑重，并且忌讳妇女，因此，通常男子们会成群结伴，带上帐篷，去往山中完成此事。

这一年，恰逢尊者路遇。世间贫富总是悬殊。所见人家有一大户。此人家蓄养母犏牛多达两千余头，请来制奶的役工亦多达一百零八名。并独自占据了一处高山牧场。亦有穷苦人家，一人一牛僻居一隅。世情即是如此。尊者看在眼中，心中悲悯。

尊者见状，不想打扰，于是，择取了一条僻静小道，穿行而过。却不想，走了不久，就听到前方有男子高呼谁家藏獒脱绳跑了。话音未落，尊者便见两条毛色赭红的强壮藏獒迎面冲来。尊者避之不及，瞬间便被两条藏獒咬住左右大胯。一时间，鲜血肆溢。

彼时，尊者手无寸铁，无奈之下，便只能略显神通。随手抓起两把泥土，朝恶犬撒去。当即，两条恶犬便倒地暴毙。后面赶来的几名青年男子见状气急，对尊者出言不逊，大为不敬。尊者也不申辩，只是陈述实情，告知几名男子犬恶如狼，实在无法。当下，尊者亦是鳞伤遍体，血流狼藉。

就在一行人与尊者说话的工夫里，先前那提醒众人藏獒脱跑的青年走上了前。对一行来势汹汹的人好声劝说，那帮人方才离开。

到底因见尊者是出家之人，那帮人心中多少存有几分忌讳，不敢肆意刁难，加上同乡劝话，最后无奈之下，便都悻悻然离去。虽是心中怨愤，但亦知道毕竟是因自己所养的两条藏獒生性凶残，才酿成此祸端。于情于理，都是不该与尊者纠缠的。

那上前劝和的青年与尊者极有缘。初见尊者，便心生体恤怜悯之心。为尊者细心擦拭血迹，清洗并包扎伤口。因尊者受伤难行，青年便邀请尊者去他家中养伤。青年的身体很是健壮，因此，毫不犹豫便背起尊者往家走去。一路上对尊者照顾得极是悉心周全。

青年家中只有老父。两人相依为命多年。老人见青年背负尊者回家，心中惊动，对尊者极为和善。家中虽是清贫，但依然不吝将家中最好的茶和奶酪端出给尊者食用。

尊者在青年家中休养数日，康复之时对青年说，自己将要继续踏上行途。青年便问尊者欲往何处去，尊者说印度。尊者之于青年，犹若黑暗路途之中的一线明光。他遇得尊者，便知，自己这一生亦是注定要献给佛陀的。于是，他便请求同往。

拜别父亲之后，青年与尊者一起，踏上行途。

这青年，是尊者仓央嘉措生命里极重要的人。日后尊者与之相伴，走过了许多路，度过了绵长时光。彼此之间的一切羁绊，都是缘。他是法缘极深的男子。他叫，罗甲。

13。行游

佛说，去走。

于是，他便去走。

佛说，去行游。

于是，他便去行游。

佛说，去度众生。

于是，他便去度众生。

尊者与罗甲离开工布之后，朝尼泊尔、印度方向行去。数日之后，二人来到一处宽阔之地。此处，林木蓊郁，满目葱碧。远处有高山，又有一条宽阔大河横穿而过。是难得一遇的依山傍水之地。

日暮时分，两人沿河走去。忽然，河流对岸有两个高大人影渡河走来，虽说形影似人，却因身体高大异常，形容难辨，不免令人困惑。罗甲问尊者那两个生命是否是人，如若不是又会是何物。尊者在少年时便从上师那里听说过西藏一些关于罗刹的掌故。因此，尊者答道，那两物大约就是罗刹。

罗刹，又作罗刹娑、罗叉娑、罗乞察娑、阿落刹娑。意译为可畏、速疾鬼、护者。女则称罗刹女、罗叉私。乃印度神话中之恶魔，最早见于《梨俱吠陀》。男罗刹为黑身、朱发、绿眼，女罗刹则如绝美妇人，富有魅人之力，专食人之血肉。此于《佛本行集经》卷四十九、《毗奈耶》卷四十七等均有记载。

佛教中，罗刹亦指恶鬼，指食人肉之恶鬼。罗刹具神通力，可于空际疾飞，或速行地面。《慧琳意义》卷二十五中亦记载："罗刹，此云恶鬼也。食人血肉，或飞空、或地行，捷疾可畏。"《慧琳意义》卷七又记："罗刹娑，梵语也，古云罗刹，讹也（中略）乃暴恶鬼名也。男即极丑，女即甚姝美，并皆食啖于人。"

此外，罗刹也为地狱之狱卒，职司呵责罪人。又称阿傍、阿傍罗刹、阿防、旁。其形状有多种，或牛头人手，或具有牛蹄，力气甚大，或为鹿头、羊头、兔头等。

罗甲到底是寻常人，此生从未遇过如此异类。闻听尊者说那两物是罗刹之时，当下便因惊恐过度而昏厥过去。待尊者再看那两物，它们又已渡回河流对岸，在树林当中撅折粗大松树，然后捋尽枝叶，将之扛上肩，再渡河过来。

不巧，尊者与罗甲此时被两物发现。因此，尊者便背起罗甲，向前跑开。也不知为何，尊者似忽得神力，罗甲背负在身，亦能连连翻越三座大山，奔向山后的另一条河边。

但那两物追得紧。尊者刚给罗甲洒了些凉水使之苏醒过来，待罗甲亲眼又见那两巨物时，竟又再次昏厥。实在令尊者心忧。也是无法，尊者唯有将罗甲再次背起，依然是如借神力，迅速跑开很远的距离，并来到一个岩洞前。

尊者背着罗甲入洞之后，见到岩洞之内有几位修行人。于是，尊者便把之前所遇之情景一一告知，然后询问身后两物是何物。当中有位修行人道：“此非罗刹，必是人罴。”让尊者和洞内修行人快些将洞门堵上，因此物一旦动怒，势必不肯罢休，总会紧追不舍。所以，很快也就会追至洞前。

听了修行人的话，大家一起将洞门堵上。然后尊者再次用冷水洒在罗甲面上，将之唤醒。一切就绪。待尊者欲与几位修行人饮茶休憩之时，洞门忽然震颤。两只人罴果然追赶上来，并在洞外疯狂挖起来。不多久，便见一只爪子伸入洞中，极是可怖。

此时，罗甲听得此物非是异类恶鬼罗刹，乃是人罴，于是，便放开了心胆，拔刀便朝那只爪子剁起来。那人罴当即缩回了受伤的爪，向树林逃窜开去。

本以为，此劫至此算是度过。不料，次日尊者和罗甲上路之后，两只人罴再次出现，并向二人袭来。于是，尊者和罗甲无奈只能向附近一座陡峭山峰冲去。攀至山顶后，二人推下许多礌石。一时间，礌石翻滚如雨，两只人罴避之不及，较大那只被砸死。小的见状，翻山逃开，奔往森林深处。至此，二人方才彻底摆脱那两只牲畜，踏上行途。

初次遇劫，罗甲心中感慨良多。心知，这是一趟遍具险阻的路途。但因有尊者在前，于是，便也不觉惊惧，知这路间苦难，都是磨砺、考验，是悟得佛陀真谛的必经之旅。

在干粮将尽之时，二人行至一座小山的垭口处。垭口处遍布碎石堆。此时，山上下来一位印度游方僧，亦从山上几户人家跑下几条犬。只见游方僧捡起几块石头朝那几条犬丢去。几条犬受惊而返。待尊者再看那被僧人扔于地上的碎石，竟已变了模样，成了两锭元宝。

尊者心知这是神佛空行的结果。依傍神佛之救助，尊者方能行完日后更为漫长艰苦的路途。

在藏传佛教当中，空行，又被称为“勇士空行”。是指藏传佛教中一类特殊的护法神。在性别上，空行自然包括男女两种。男性称为勇士，女性称为空行母。在等级上，空行也分为两类：一类是世间空行，或称业力空行；一类是出世间空行，或称智慧空行。世间空行主要起护持佛法的作用，而出世间空行可以作为众生修行依止的对象。

公元1712年，藏历水龙年。

是年，尊者仓央嘉措三十岁。在罗甲相伴之下，尊者逐渐行去。在这一年，来到一处叫作“噶玛绒”的地方。在尼泊尔语当中，此处亦被称作“甘达宝”。

据《秘传》载，进入尼泊尔境内之后，尊者和罗甲“先去很好地朝拜了恰绒卡肖宝塔等著名的圣地，又瞻仰了天成的自在天男根，并依尼泊尔的习俗用乳汁献祭。这里是从前庞廷巴贤昆仲诞生得道之地，彩铜观音被供养在此地，西藏的玛尔巴大译师和曲吉罗卓等译师都曾在这里挂锡”。

挂锡。禅林用语。与“挂搭”同义。又称“留锡”。即悬挂锡杖之意。昔云水僧行脚时必携带锡杖，若入丛林，得允许安居时，则挂锡杖于壁上之钩，以表示止住寺内。“挂锡”一语，现特指禅僧至修行道场之住宿。《祖庭事苑》卷八载，“西域比丘，行必持锡，有二十五威仪，凡至室中，不得着地，必挂于壁牙上。今僧所止住处，故云挂锡”。

又记，“阿底峡尊者、帕当巴、达尔玛菩提等诸印度的得道圣僧都对这地方行过加持。尤其是天然生成的自在天的征表男根，是二十四处空行母仙居之一”。

因密宗经典《圣乐续》当中如下载道：“于自在天男根自然生成之所在，瑜伽师若善加修持可以速成。”所以，尊者亦对在修习一事十分向往，但恰逢尼泊尔国王朝圣，诚邀尊者同行，于是作罢。

当中所说“自在天男根”，“自在天”即是指天神大自在天。据说，他住在色界之顶的天神，为三千大千世界之主，在三千界中得大自在，故有此称。

大自在天在印度教神话中被称为“湿婆”。湿婆，是毁灭之神与创生之神，又是苦行与舞蹈之神。其形象有五个头，三只眼，四只手，分别持三股叉、神螺、水罐、鼓等器物，浑身涂灰，颈上绕着蛇，骑乘大白牛。据说他有极大的力量，额上的第三只眼能喷出神火烧毁一切，还能主宰人间的一切悲喜荣辱。

佛教亦将此神吸纳进来作为自己的守护神，因为他的成佛因缘还未成熟，所以，扮演着护持佛法的角色。在佛教中，他居于色界之顶，因其居处不同，而有大自在天、商羯罗天、伊舍那天等种种名称。他是护世八方天和十二天之一，守护在东北方。

据《十二天供仪轨》讲，他面上有三只眼，二牙外出，现愤怒相，身浅青色，左手持劫波杯（髑髅杯），右手持三戟剑，上身以髑髅为璎珞，宝冠上有二仰月，骑在牛背上，边上有二天女持花随侍。在佛典中，把崇拜他的宗教派别称为“自在天外道”或“涂灰外道”等。

初冬。十月初四。

尼泊尔国王携王后、率百官一起前往佛教大国印度朝圣。尊者与罗甲应邀同行。一个月之后，国王为尊者留下一些金银盘缠之后，便携队伍北归。而尊者和罗甲则继续南下，巡礼了印度半岛的众多村镇。

14。印度

印度。

是那样一个旷远的地方。又极富风情，如蓬勃少女，亦如热烈少妇，总有一种令人欲罢不能的蛊惑力。是那样一个极富生命力的地方。荒原。旷野。点痣女子。白齿少年。遍布的古莎草。肆意招摇的孔雀。碧色成海的松林巨竹。美妙如是。

它亦是佛教诞生圣地。

佛教发源于公元前600多年的古印度，距今2600多年。由释迦牟尼佛创建。彼时，印度有八个小国。其中，迦毗罗卫国国王净饭王，有太子名曰：乔达摩·悉达多。即释迦牟尼佛。

释迦牟尼少年时代接受婆罗门教的传统教育，兼习兵法与武艺，是一个骑射击剑的能手。到成年时，娶同族摩诃那摩长者的女儿耶输陀罗为妻，生有一子名罗睺罗。相传，释迦牟尼十四岁那年曾驾车出游，在东南西三门的路上先后遇着老人、病人和死尸，亲眼看到那些衰老、清瘦和凄惨的现象，非常感伤和苦恼。

后来，释迦牟尼在都城的北门外遇见一位出家修道的沙门，从沙门那里听到出家可以解脱生死病老的道理，便萌发了出家修道的想法。十九岁那一年，释迦牟尼不顾父王劝阻，毅然离开妻儿，舍弃了荣华的王族生活，出家修道，为世祈福。

离家之后，释迦牟尼先到王舍城郊外学习禅定，后又在尼连禅河畔的树林中独修苦行。每日只吃一餐，后来七天进一餐。穿树皮，睡牛粪。苦修六年之后，虽身体消瘦，形同枯木，但仍无所得，并未找到苦难解脱之道。

于是，释迦牟尼便决定放弃苦行，入尼连禅河洗净了身体。沐浴后，释迦牟尼接受了一个牧女供给的乳糜，逐渐恢复了身体健康。

之后，释迦牟尼渡过尼连禅河，来到伽耶城外的荜钵罗（后称“菩提树”）下，静思冥想。

据说，经过整整七天七夜，释迦牟尼方才洞达了人生痛苦的本源，断除了生老病死的根本，使贪、嗔、痴等烦恼不再起于心头，悟道成佛。佛，即佛陀，意为觉者、知者。这一年，释迦牟尼三十五岁。

释迦牟尼成佛后，开始他的传教活动。首先，佛祖在鹿野苑找到曾随他一道出家的阿若陈如等五个侍从，并向他们讲说自己获得彻悟的道理，佛教史上称这次说法为“初转法轮”。不久，佛祖又旅行各地，足迹遍布恒河流域。所到之处，专心讲道。奠定了原始佛教基本教义，并组成了传教的僧团。

据说，佛祖的弟子当时已多达500人，著名的有大迦叶、舍利弗、目犍连、阿难陀、优婆离等十大弟子。于此，佛、法、僧这佛教三宝已具足，亦意味着佛教正式形成。

印度是圣地。于是，它理应亦是个充满世间奇趣之地。尊者和罗甲随尼泊尔国王来到印度之后，亦因各种因缘迟迟无法离开。

一日。

尊者和罗甲行至一个镇上。初到镇上不久，不知何故，尊者便吸引了许多男女的目光。不久，便有许多人围聚在尊者周身将他仔细打量。后来，有人唤来一名精通相法的老妪。她向尊者解释了镇上居民的疑虑之后，恳请尊者随她去往一所房舍。

抵达房舍之后，老妪恳请尊者脱去衣裳，然后一如那年在布达拉宫里被康熙皇帝派来的相术师观察肉身一般，接受老妪的目光关注。事毕，老妪恭敬地退下，然后召集了镇上居民，向尊者顶礼膜拜，并供奉有加。就是这样虔诚的人们。

因此，尊者亦在离开之前为他们做了极为郑重的祈福祝愿。

又一日。

尊者和罗甲路遇几名藏地来的僧众，相伴抵达一处阒无人烟的破败村庄。当夜，一行人便来到村子中央一座神殿似的房前，并打算在房前的廊下过夜，以避不可预测之雷雨。

却不料，深夜初更时分，那紧紧闭锁的房门忽然打开。从中，竟有一男一女两具诈尸蹦跳出来。一具已成骷髅，一具仍毛发俱全。形似罗刹。一时间，与尊者同行的僧众受惊过度，四散逃开。而那两具诈尸，亦是动作灵敏，犹似鹞入鸡群一般，东追西赶，全无阻拦。追得谁人，便伸手一记耳光重重掴下。

此时，尊者见情势愈加严重，便上前三步并作两步追上诈尸，立在他们身后，伸手抓住诈尸的发，瞬间便将两具如有神力的诈尸掼摔在地，并从腰间取出那根降魔橛，狠打下去，制住诈尸。彼时，众人依旧惊慌，全无主张，人人都呆立一旁，远远观望。看着尊者将两具诈尸彻底制伏。

事后尊者安抚众人道，这诈尸虽是凶险可怕，但仍是不足道的。轮回当中，尤其是三恶趣（畜生、饿鬼、地狱）的畏怖，才是最厉害的。它们会昼夜无间地纠缠，无法摆脱。而今，有尊者作陪，将一切平安。如此，众人方才按捺住心中恐惧，沉沉睡去。

在西藏，人们认为如果亡者未能得到体面的葬礼，便会迷失在阴间，变成厉鬼，危害众生。一如汉人认为的，人死后会在胸口存下一口气，若是被猫鼠之类冲撞，便会假复活，变成诈尸。

藏传佛教则认为，肉身死亡，人的灵魂会在今生与来世间流离七七四十九日。这期间，若有亲人诵念度亡经，人的灵魂才会被引入善道。许多喇嘛为人超度之时，也会在尸体之上写上法书，镇定其灵魂，防止肉身作乱，变成诈尸。

后来，人人皆对尊者感恩戴德，铭刻尊者救命之恩。并在私下都窃窃言语，说尊者不是凡人，定是遁世高僧。在尊者临行之时，皆上前以额触尊者足，领受护施。

五日后，尊者和罗甲行至另一小镇。镇上人见陌生人从诈尸村的方向安全行来，皆惊叹不已。亦都知晓，眼下的游方僧人不是寻常之人，定是有福祉业力俱足的圣僧。

15。白象

公元1713年，藏历水蛇年。

是年，四月望日。尊者和罗甲抵达了殊胜之灵鹫宝山。相传，释迦牟尼佛游化印度各国时，最常出入王舍城，住在灵鹫山中。灵鹫山，又称耆阇崛山，山顶东西长，南北狭，山中园林清净，福德聚集，高台环绕，翠绿交辉，浓淡分色，雾霾氤氲，是历来诸佛贤圣的住处。佛陀乐居山中，与大比丘众万二千人共住，宣说佛法妙义。

诸如，《大般若波罗蜜多经》、《妙法莲华经》、《无量义经》、《佛说法华三昧经》等，佛陀都是在灵鹫山上宣说的。所以，佛门有所谓的“灵山会上佛菩萨”、“灵山胜会”等说法，意即赞扬诸佛菩萨法筵常在，福荫佛弟子，意味隽永。

据说，频婆娑罗王为了亲近佛陀，特地修建了一条石阶，直达山顶的园林。频婆娑罗王，是佛陀时代摩揭陀国的国王。他与王后韦提希夫人都是皈依佛陀，深信佛法，是佛教最初的护持者。晚年之时，他被太子阿阇世幽禁，在牢房中证得三果阿那含，成为极乐世界净土法门的缘起。

距离灵鹫山顶不远处，有许多小石窟，是比丘们修行的地方。在山崖边有砖造的精舍，精舍东面有长石，为佛陀经行之处。精舍旁边有一巨大的石块，是当年提婆达多推石伤害佛陀的地点。南边悬崖下有一座小塔，佛陀亦曾在此处宣说《法华经》。

精舍南侧山崖，有大石室，佛陀也曾在此处入定。石室西北有个大磐石，相传，阿难曾经遭恶魔化作的一只鹫鸟惊吓。此鸟栖息于大磐石之上，用力拍动翅膀，并一边发出大声怪叫。当阿难惊惧无措时，佛陀伸手通过石壁，摸阿难头顶，安慰阿难。

阿难。即阿难陀。王舍城人，佛陀的堂弟，也是他的侍者。公元前513年佛陀五十三岁时，十九岁的阿难，因为年轻，记忆力强，在竹林精舍正式被选为佛陀的侍者。

阿难侍奉佛陀二十七年，跟着佛陀到各地传道，能够把佛的一言一语都谨记无误。在佛陀灭后王舍城第一次圣典结集集会上，他出色的记忆力让他背诵出很多佛陀以往的演讲。

那些记录下来的文稿就被整理成为佛经，包括《长阿含经》、《中阿含经》、《杂阿含经》、《增一阿含经》、《譬喻经》、《法句经》，等等，对于佛法传播起到了很大的作用。佛经中出现“如是我闻”，“我”即是指阿难。

阿难一生躬行佛法，谦逊诚恳。即使他常受到佛陀公开的称赞，在僧团内身处高位，天天和大众激烈地辩论不同的问题，也不招人忌妒和怨恨。这是极不容易的。佛陀在涅槃前依然特意称赞了他的无私和仁慈。因此，阿难是佛陀释迦牟尼十大弟子中的一位，被称为多闻第一。

佛陀入灭后，阿难非常伤心，独自修行。但他非常长寿，在摩诃迦叶入灭后，阿难被推为僧团的领导。传说阿难的入灭，还使摩揭陀与毗舍离国修好，不再战争。

在禅宗中，阿难被尊为印度第二祖。因为大迦叶逝世后，他继承迦叶率领徒众弘扬佛法。在后来的佛祖雕塑旁常见到侍立的胁侍即是阿难。

禅门有“拈花微笑”一语。关于这“拈花微笑”的故事，亦发生在灵鹫山上。传说，一日，佛陀登座说法，大众正准备聆听妙法，然而佛陀却只是拈花示众，默然不语，大众诧异无法会意，只有大迦叶心领神会，破颜微笑。于是，大迦叶获得佛陀的传法，被尊为禅宗的印度初祖。

说回尊者和罗甲的行途。二人抵达灵鹫宝山，见到了众多形形色色的香客。有和尊者一样来自西藏的，亦有来自尼泊尔、锡克等地的善男信女。这灵鹫宝山在尊者眼中，非是寻常石土堆叠而成的，而犹如是由兰扎经卷堆叠而起的。

因此，尊者竟心中生出怜悯，不忍踩踏攀登宝山。唯恐伤损佛陀的经卷。独自一人守在灵鹫宝山的山脚之下，冥思我佛身语意诸般无上功德。悲怆，亦欢喜。罗甲，则与路遇的熟人相携去往别处朝拜。

之后，尊者便独自来到卜拉哈日寺。本是需要耗费常人七日的行程，尊者因修炼气功，又得神佛空行之功德，一日之内便抵达。抵达寺庙之时，五百班智达都已聚集在寺内。于是，尊者便拿出尼泊尔国王留下的黄金，为五百班智达发放了一次斋茶。

据《秘传》载，在卜拉哈日寺，尊者住了半年的时间。半年当中，尊者“体验修持‘上乐铃五尊法’。夜以继日，锲而不舍，终于取得各种证悟”。印度是佛祖加持过的圣地，因此，在此修持，总会得不可思议之精进。

离开卜拉哈日寺之后，尊者再次踏入印度遍布古莎草的荒野。罗甲未归，仍在各地朝拜，于是尊者是孑然行走在漫漫无边之荒野。许亦正是因为彼时他周身无挂碍，方才能得清明之心，见得圣迹。

是月初八。尊者正行路，忽见遥远前方有白色形影移动，犹似雪山，因此心中困惑。待一步一步走近之后再看，方知，那不是雪山，却是一头巨型白象。通体雪白，口生六齿，体态极是美妙，并有迷人香气自它体内散出，背上亦发出五彩光芒散射入空。

古象一边食草，一边向尊者缓慢行来。此时，尊者方才确定，它便是《甘珠尔经》当中所言那头由世尊福德所成的宝象。便对它虔心跪拜。而后，宝象竟绕尊者环行一周，并在尊者身前遗下粪便。方才冉冉远去，然后消失不见。刹那之间，尊者忆起佛祖释迦牟尼的种种功德，不由感动，生发厌离之心。遇此宝象，实乃大吉之兆。欢喜不尽。

《佛说大乘无量寿庄严清净平等觉经》有言：

> 修因得果，自然可以往生极乐世界。你们应当对婆娑世界生厌离心，与人无争，与世无求，净无垢染，心如虚空。精进修行，发菩提心，见佛闻法，往生到西方极乐世界，便能得到极长生，寿命无穷，快乐无边，见佛闻法，究竟佛道。

相传，佛祖在俗为转轮圣王时，转轮圣王每每出现，便会有七宝显现，辅助轮王教化百姓，行菩萨道。转轮圣王是指具足德行及福报俱足的理想圣王。而轮王七宝则是指：轮宝、象宝、马宝、珠宝、玉女宝、主藏宝、典兵宝等。

《大宝积经》卷十四中说：

> 转轮圣王生种姓家，七宝则现。何谓为七？一曰紫金轮，有千辐。二曰白象，有六牙。三曰绀色神马，乌头朱髦。四曰明月化珠，有八角。五曰玉女后，口优钵者，身旃

檀香。六曰主藏圣臣。七曰主兵大将军，御四域兵。

遇得宝象之后，尊者开始返藏。数月后，与罗甲重逢于一个陌生镇子。经尼泊尔、聂拉木、定日等地，再经尊者生地门隅、工布地区，二人到达一处叫作塔布扎仓的地方。在塔布扎仓，二人驻留了多日。

彼时，在塔布扎仓的一座神殿内，有一尊罗睺魔君的像。罗睺是古印度神话中的恶魔，相传为“达耶提耶王毗婆罗吉提”与“达刹之女辛悉迦”所生之子，他又被称为“行星、流星之王”，西南方的守护神。他长有四只手，下半身为蛇尾，好为非作歹。

这魔君极为凶厉，危害了不少僧众。于是，当地僧人请来降魔人欲制伏魔君。降魔人请来白哈神附体，然后用矛刺入罗睺像的腹中。不料有血流出，且魔君的行动较之从前更为凶烈。后来，听闻尊者驾临，便来求助。于是，当夜尊者便携数名随从前往神殿。

见罗睺像作祟，尊者当即便结手印戟指魔君的像，令魔君胆战心惊，而后立刻用丝帛将罗睺像腹部的洞口堵上，将血止住。又把罗睺像口中的害人名册和人形取出，并对魔君施咒降伏。自此，罗睺魔君再没有危害塔布扎仓的僧众。

尊者的“塔布大师”之名亦被传播开来。

之后，再经沃尔、艾地、拉卜等地，到曲科杰，最后与罗甲回到了拉萨。一如从前，尊者行事极为隐秘，并在拉萨秘密居住了数月。是年，公元1715年，藏历木羊年。

倾谈四

须弥不动住中央

16。赛科

公元1716年，藏历火猴年。春。

尊者继续苦修，开始了新的行途。和罗甲，以及十五个木鹿寺募化僧人，从拉萨秘密启程，去往了青海。是年秋，一行人抵达青海，尊者在青海挂锡一月左右。

之后，尊者欲北下。罗甲听闻此前青海附近天花流传，于是心怯，便请求不再北下。罗甲陪伴尊者千日，尊者心中感激，因此在罗甲离开之前索要罗甲随身佩带的刀和火具存为纪念。除罗甲外，木鹿寺的僧人也有三人未能陪伴至终。

抵达西宁之后，尊者担心僧徒体乏，于是，劝说剩下与之同行的十二僧徒留在西宁休息。然后，自己独身上路，再以游方僧装扮去往了赛科方向。

彼时，赛科寺的麦喇嘛珠钦仓得梦。梦中，护法神对他说次日仓央嘉措佛爷将驾临赛科寺，让他务必做足准备，好生款待。梦醒之后，他心中激动，一时间竟失了方寸，不知所措。而今，他年事已高，又患有足疾，但得此荣光，依旧是铆足了气力去迎驾。

凌晨，他便开始安排僧众自房舍、院落、寺外一一清扫。要保持洁净。并安设好法座和供器祭品。怀一颗谦卑崇敬之心，虚席以待。

天刚破晓时，尊者果然驾临。

尊者先是入赛科寺内绕行礼拜。然后，来到麦喇嘛珠钦仓的僧舍门前。麦喇嘛珠钦仓得知尊者驾临，立刻吩咐侍从迎请仓央嘉措佛爷。但侍从出门巡视一圈之后竟又独自返回禀告道，屋外只有一名极普通的游方僧，并无圣僧佛爷。

麦喇嘛珠钦仓听后当即惊恐，怒斥侍从有目无珠。说，那游方僧便正是尊贵的仓央嘉措佛爷。说时便立刻起身向外准备迎请。但因患有足疾，行走十分不便，艰难行至门外，见到尊者刹那，立刻跪拜请求摸顶，心中激动不能言语。

尊者驾临赛科寺那日，除了麦喇嘛珠钦仓之外，另有一僧需要提及。他便是后来以“霞鲁巴”名号闻名遐迩的杰·罗桑班丹。尊者抵达的前一夜，他如麦喇嘛珠钦仓一般，也得神谕，得知尊者次日将要驾临赛科寺。

因此，尊者将要抵达那日，罗桑班丹一早便来到赛科寺大殿内，孤自在大殿的角落里迎候着。尊者抵达寺内绕行礼拜时与罗桑班丹擦肩，罗桑班丹当即便行跪拜大礼。当时，尊者脱口称他“霞鲁巴·列巴坚赞”。于是，此后，罗桑班丹便被世僧称为“霞鲁巴”。

那日。尊者在赛科寺礼拜之时，还碰到一人。彼时，殿内正在举行辩经大会。据《秘传》载：“（当时）尊者在前排座位前走过，叩拜了佛像圣物，之后又经过执净瓶者的行列走了下来。这时，在座次的末尾，有一个离席进行辩论的僧人，他从前在寺庙里曾多次见过尊者，因此一见之下，马上便认出来了。”

于是，那僧人便上前跪拜，并请求摸顶。尊者自然不拒，为之摸顶之后，方才离开赛科寺。后来，有人说，此僧辩经的对手都是极具慧根的高手，平日里那人若想赢得辩经是极其困难。但那日，尊者为他摸顶赐福之后，他竟然在辩经大会上大获全胜。众僧皆知，这都是受尊者摸顶之福泽所致。众僧欣羡。

关于摸顶。

摸顶，始于佛祖释迦牟尼早期在灵鹫山上传法时的经历。相传，释迦牟尼佛在印度灵鹫山宣说《法华经》之时，佛祖的侍者阿难遭魔王所化的鹫鸟惊吓。“魔王化作鹫鸟，于黑月夜分据其大石，奋翼惊鸣，以怖尊者。”佛祖为安抚阿难，便伸手“通过石壁，摩阿难顶”，以大慈悲之言告知“魔所变化，宜无怖惧”，祛其怖。如是，阿难方才平定了心意。

佛陀摸顶一事，《法华经·嘱累品》记载：“释迦牟尼佛从法座起，现大神力，以右手摩无量菩萨摩诃萨顶，而作是言：‘我于无量百千万亿阿僧祇劫，作习是难得阿耨多罗三藐三菩提法，今以付嘱汝等。’”

除此之外，《华严经》当中亦记载，善财童子拜见文殊菩萨时，“文殊师利遥伸右手，过一百一十寻，按善财顶”。

而今。摸顶，已是藏传佛教中的一项重要礼仪，含蕴上师“慈悲、呵护”之意，并有使受摸顶之人消除魔障之功。上师身体有无量的坛城和空行护法，摸顶便是上师给弟子加持的一种方式。

17。贺兰

自赛科寺回西宁后，尊者率十二僧众径赴阿拉善。

阿拉善，意即“贺兰山”。贺兰山，亦是灵杰之地。山川、湖泊、沙漠、绿林，自成圆满世界。是自在天成的福地，亦是尊者仓央嘉措最终弘扬佛法、普度众生的归止之地。

彼时，在阿拉善盟，有一名叫作格隆扎西的僧人，很是神通，亦因此受到托尔果阿佑可汗的供养。在尊者奔赴阿拉善时，他便心有预示，看到尊者正向阿拉善风行而来。

于是，格隆扎西便直奔阿拉善旗协理（协理，清朝僧官）巴匝加布台吉的家中。当时，巴匝加布台吉，其妻娜木宗，其父洛桑金巴都健在，身体皆安康。听闻格隆扎西如此一说，自然不敢懈怠。然后遵照格隆扎西的指示，布置周全，以大礼迎候。

是年，孟冬十二日。尊者率十二僧众，飒爽而来。衣着装备崭新，并皆有一种祥瑞安定之气。虽朴素，却仍有一种无法掩饰的尊贵气息在其中。令人远远观之便敬畏。

一如《秘传》所载：

> 贵人骑一匹雕鞍雪白骏马，鞍轿的前后俱安着鞍架，身着崭新的精美得道僧衣僧裙，外罩袈裟，披着披单，披单上系着固定用的绦带，头戴新制的“贡”帽，足蹬卫地出产的花饰缎靴，一十二位僧徒，状弟子随侍左右，法驾降临到匝卜尔沃苏地方。

尊者到达阿拉善盟时，巴匝加布台吉一行人已迎候在猎猎风中。格隆扎西的预示亦完全正确，果真是有十二僧徒伴行尊者，相携而来。当下，巴匝加布台吉便将尊者迎回家中，虔诚供奉，以极崇敬之规仪照料尊者起居。

当时，巴匝加布台吉已诞有一子，名唤拉尊·阿旺多尔济。与尊者初见之时，孩童已经两岁，甚得法缘。与尊者极为亲昵。尊者亦对这孩童爱喜有加，在尊者住在巴匝加布台吉家中的那段时日，尊者时常会将孩童抱于怀中。对孩童极为怜恤。

这孩童，便正是日后撰著《六世达赖喇嘛仓央嘉措秘传》自称为六世达赖仓央嘉措“微末弟子”的额尔德尼诺门罕阿旺伦珠达吉。

尊者抵达阿拉善的第二日，巴匝加布台吉便诚请尊者为家人祈寿灌顶。尊者亦欢喜应事，为一家人做了佛事。

灌顶，是藏传佛教中最重要亦是最基本的宗教仪式。藏传佛教认为，修行是一个不间断的传承，而这个传承必须来自一位德高望重的上师，才能够信任。且这份体验必须由没有间断的修行者传达给下一代，从而得到证悟。因此每个佛教徒都必须与这个重要的传承接触，这项接触就是透过灌顶来实现的。

同时，藏传佛教认为，接受灌顶能够唤醒修行者心中的特别能量，让弟子与上师之间建立起一种沟通，启发弟子内在的潜能，走上良好的修行道路，直到成就圆满。

当尊者诵念完经法，巴匝加布台吉领家人跪地秉求尊者驻锡于阿拉善旗，做阿拉善子民供养的福田。彼时，见巴匝加布台吉一家人心意虔诚，目光当中尽是相信，于是也便应承了下来。但尊者尚有未了事，暂不能止步于此。

尊者道："有朝一日我在这里安身时，必将在你家门口落脚。我本有愿访遍五台、京师、珞珈山等地，然后打算去北方香跋拉……为了圣教和众生的利益，眼下我仍需要用这套游方僧的打扮走走。"

不过，世事因缘皆已注定。或许，这名唤"贺兰"的地方，便是他修佛路途的最后一站。若此处果真是他修行的归止之地，那么，他终有一日仍将回来。

十余日后，尊者主持了胜乐金刚本尊的会供轮。"此后，为各户官宦人家等大小施主俱做了许多法事。像经忏、回向、祈祷祝愿、超度亡灵，等等，一如各家所请，直住到新年。"仲春二月，尊者方才离开阿拉善。

当中"回向"是佛教当中的一项极为殊胜而独特的修行法门。《大乘义章》卷九云："言回向者，回己善法有所趣向，故名回向。”即施自己之善根功德与予他者，并以己之功德而期他者皆成佛果，回向于佛道。

所谓“回向”，简单说来，即是面对自己所修的功德，不独享，而是将之“回”转归“向”与法界众生同享，以宽阔心胸，并且使功德有明确方向而不致散失，使自己趋入菩提涅槃；或以自己所修之善根，为亡者追悼，以期亡者安稳。回向愈多，功德愈殊胜。

将自己手中的光染于他人，照亮众生。

18。福田

这一年的仲春二月。尊者仓央嘉措循例行往阿拉善旗第二代旗王阿宝王的府邸，欲与阿宝王会面。

阿宝王，大约出生于1686年（康熙二十五年）前后，是首任旗王和罗理的第三个儿子。其兄玉木楚木，1698年因平定准噶尔部之功封辅国公，俗称西公或南公。

阿宝幼居北京，体格健壮，聪明英俊，知书达理。1704年，按满蒙联姻以皇室女嫁蒙古王公贵族子孙的成规，阿宝与皇族格格郡主道格欣格格结婚，授和硕额驸，赐第京师，命御前行走。三年后，他的父王和罗理去世。1709年2月，清政府诏命阿宝承袭父爵，封多罗贝勒，任阿拉善旗扎萨克。共在位三十年。

阿宝生有四子：长子衮布，1731年诏封辅国公，1732年晋升固山贝子，先父早逝；1737年，兄终弟继，衮布之弟拉尔济旺舒克承袭固山贝子；1741年，四子索诺木多尔济袭位。1739年10月，阿宝辞世，享年五十五岁左右。

在去往阿宝王府邸的路上，途经霍秀地区的匝喀如格旗。当他行至一座帐篷时，忽然便被门前的老者迎上来握住了双手。但见老者双目含泪，极为虔诚，理应是认出了尊者。老者恳请尊者务必在自家暂住，盛情难却，尊者便应了下来。老者名叫拉杰。

一夜。尊者在帐篷内与拉杰夫妇和其他檀越（指“施主”，施与僧众衣食，或出资举行法会等之信众）饮粥，饮完之后尊者正欲离去返回拉杰夫妇为尊者特别准备的神帐之中时，听到帐外有女子惊呼失火。于是，尊者便闻声赶去。

果然，在两个大帐之间，烈火冲天，火光盛烈。彼时，人们慌乱，来来往往，意欲灭火。待尊者上前一看，却淡静一笑，让大家莫慌莫乱。此火生发乃是因尊者的一领披单遗落此处，因此这披单方才自发生了火引来尊者。说时，便向烈焰中伸手，竟果真取得一件红色披单。

刹那，烈焰消失，火光不见。而尊者与那红色披单却未损分毫。当下，令众人结舌。次日，待大家再往起火之地去看，竟看不出草皮之上有半点火灼之痕迹。众人称奇。

不久，匝喀如格旗的章京沙尔扎，听说了尊者驾临，便诚请尊者去往家中做客。沙尔扎是虔诚的信徒，对尊者六世达赖仓央嘉措亦是顶礼膜拜，因此决然不愿错过此等良机亲见尊者。

尊者抵达沙尔扎的家后，便将自己的坐骑放在章京的马群里，交与马夫饲放。却不料那马夫见尊者坐骑是罕见良驹，便心生妄念。背地里骑走尊者的坐骑，作为己用，去寻找野地里走失的马匹。但不想，没有骑出多远，便遭两只巨型乌鸦袭击。

但见两只乌鸦左右不住盘旋，作势搏击。马夫心中大惧，当即从马上摔下，匆忙离开。次日，马夫回到家中之后，见尊者正与沙尔扎饮茶，于是便准备窃窃离去，回避尊者。正在他转身之时，却被尊者唤住。

尊者极慈祥，好声问道：为何府上有三百好马，你却没有知会一声，偏偏偷偷骑走我的坐骑？当下，马夫极为慌乱，不知如何应对，便矢口否认。听到马夫否认，尊者亦不逼迫。只是清然一笑，说到昨日情景。说马夫骑马行至河边所遇到的两只乌鸦乃是尊者的二位护法化身。

听至此处，马夫惊慌失色，立刻伏地认错。尊者又说，因他心中慈悲，叮嘱二位护法不得伤害于他，于是他方才能安然逃回沙尔扎的家中。如是，马夫顿时心生厌离，落泪追悔。然后说道："上师您老人家果然是法力无边，遍知一切。多蒙您老保佑护救，实在是恩德无量，小人我忏悔自己的罪孽。"说罢礼拜，伏地叩头，请求宽恕。

此事传开之后，当地信众更是虔诚。

正是沙尔扎后来拜谒阿宝王时将尊者的神通事迹与慈悲心尽述，阿宝王听后甚为惊动，心中欢喜不尽。是到此时，阿宝王方才得知阿拉善竟有如此神秘高僧驾临。当即他对沙尔扎说道："若是果真如此，定要悉心供养圣僧。"

次日，阿宝王便派沙尔扎为首的数名重臣迎驾尊者。

19。宿缘

当日，阿宝王派出沙尔扎迎请尊者入府时，特地将自己的一匹白玉宝骧备好鞍辔交付沙尔扎，请他务必乘此宝马驾临。尊者本意欲前往，得知阿宝王有如此笃静信仰，更是无限欢喜前往。

为了迎接尊者大驾，阿宝王为尊者准备了极盛大的迎接仪式，并亲自向尊者献上哈达，请求摸顶。为尊者准备的宴席之上亦都是极为精良的美肴，且迎请尊者入高座。态度极为虔诚。

席间，阿宝王与尊者倾谈甚欢。欢谈之间，尊者的一字一句皆令阿宝王获益，尊者的智慧之光时时闪耀，令阿宝王对尊者也愈加崇信。因此，宴席之后，阿宝王便诚意恳请尊者能够留在阿拉善，为这片土地之上的众生谋求福祉。

彼时，在阿拉善旗协理巴匝加布台吉亦已向尊者恳请，望尊者可留于此地。而今，阿宝王亦屈尊伏地诚请尊者。于是，尊者这一次，终于应了下来。

阿拉善，贺兰山。尊者与它的因缘其实在尊者一早流浪的途中便已埋下缘种，有了牵绊。而在草原牧民的传说里，尊者将阿拉善作为自己最后弘扬佛法传播教义的福田，更是与当年尊者流浪时所遇异象密不可分。

相传，尊者曾在行途之中，路遇拉姆拉措。湖水碧色如清，浮云飞鹰雪山映照其间，宛如明镜。尊者在湖畔休息时，因身体疲乏至极，不禁神思恍惚。旧年往事便历历浮现。纯真童年，孤清少年，以及挣扎与爱欲生死之边缘的青年时光，皆令尊者心生慨然。

念及此处，心有所感，甚是悲伤。正此时，眼下那圣湖竟波光一晃，平静湖面竟无风微澜，一切静定之后，再朝那湖面看去，尊者竟看得另一帧不可思议之画面。映照的景竟换了面目，没有巍峨雪山，却得碧广草原。

而那草原，正是阿拉善草原。

尊者心知，大约是从那时起，他与这方水土的因缘便已安排妥定。他终是要归于此处的。因此，当时尊者应了阿宝王的请求之后便说，王爷务必放心，既已应承如此，自当竭力为阿拉善的众生寻谋福报。之后，尊者便入住了阿宝王为尊者准备的神帐。挂锡于此。

阿旺伦珠达吉的《秘传》当中描述尊者神通之处不在少数。但当中，写得最为精彩的，我以为就是入住阿宝王府之后发生的事。

那日，阿宝王的王妃道格欣格格来到尊者住处。道格欣格格是大清庄亲王博果铎的第三个女儿，亦是大清第一位下嫁阿拉善的和亲格格。因她自幼在宫中长大，娇生惯养，多刁蛮任性。听说府上有神通圣僧入住，便欲来一探真假。

彼时。尊者正在趺坐诵经，格格带着太监、丫环等众多随从突然驾临。闯入尊者的帐内后，吩咐丫环把锦裀绣垫铺叠了七层，便傲然踞坐在尊者对面，气势极是凌人。极为专注地观察了尊者的形容仪态，然后说明了来意。

格格说，听说府上有如此圣僧，虽世人皆赞不绝口，但未能亲见尊者神通仍不敢轻易相信，因此她希望尊者可以当她的面显露神通，若得，自然甘愿供养尊者，虔心侍奉。若是浪得虚名，也自然只能将尊者当作寻常的行脚僧来对待。格格咄咄逼人，尊者见状，便只能无奈略显神通。

此处在《秘传》当中被写得极生动：

> 这时，尊者默然不语。紧闭双目，诵经不辍。正好，王爷收留的一名僧人上来献茶。他把茶斟到一只长柄瓷杯里面，捧到尊者手中。尊者接过瓷杯，如同揉捏稀泥一样，把杯子弄作一个鸡蛋般的圆球，又用双手往左右一扯，像抻面一般拉作一尺上下的长条。然后又捏成一个圆球，抛到空中。那球儿先是从帐篷上方的窟窿里飞出约一箭之程，回来后正好又落回到帐幕中央。这时依然是原先那只瓷杯，不破不裂，端端正正，还满装着一泓清茶。

当下，在座众人皆瞠目结舌。格格更是惊诧至哑然，不知所措。良久，格格忙不迭便从坐垫上下来，伏地跪拜。一如《秘传》中所说：“凡夫俗子一见神变法术立即折服。”果真是如此的。

格格甚至将自己的宝饰取下，执意要尊者收下。尊者再三劝阻皆不可得，于是，万般无奈之下，便暂且将格格的一片心意收置下。自此之后，格格变得极为虔诚，对尊者至为崇敬。

后来还传说格格为尊者制作了一只镶嵌了各种珍宝的极奢华的顶髻。因制作顶髻需要的发丝不够，格格便将自己发辫上的青丝剪下了一绺来补足。可见格格心信之笃定。

不但如此，格格还一并为尊者准备了“五佛冠、上下衣裳等全套服饰，有貉绒大袍一件；香木折扇一对；库缎锦褥一双；裀垫数只；大小靠枕几种，上面俱饰以流苏彩绣，花团锦簇。此外，还有各式银制器皿、四季服装、一串价值纹银数千两的珠串、金色锦缎、貉皮风帽以及靴鞋”等物。

如是，道格欣格格已成为尊者在阿拉善旗的首席施主。从此以后，尊者六世达赖喇嘛仓央嘉措也开始广收僧徒，弘扬佛法。一时，声名远播。

20。京师

是年中秋。

尊者携格格与几名侍从去往了京师。自格格笃信尊者之后，便与尊者时时相依，不肯分离。因此，尊者这一趟京师之行，她亦伴随左右。抵达京师之后，尊者一行人住在阿宝王在京城的王爷府上。

初抵京师王府的当夜，尊者便对夜间事有了准确预料。彼时，月光初绽，尊者便唤来两位侍从，并叮嘱二人这一夜务必坐守在自己的床铺前，以候贵人夜访。夜半，正当侍从熟睡之际，门外便发出声响。果真是有人要夜访尊者。

来的人正是阿宝王。虽阿宝王对尊者笃信，但始终无法确知尊者身份。心中疑虑也始终未能获得释然。直到有人暗中向阿宝王提及尊者是六世达赖仓央嘉措佛爷真身，阿宝王方才豁然开朗。若不是六世佛爷，世间又能有谁会有如此神通。因此，这一夜，他便来向尊者求证。

尊者侍从开门之后，阿宝王示意一干人等在门外看守，让自己能与尊者有个安全又私密的对谈空间。

阿宝王对尊者说："尊敬的上师，其实我已知道您的身份。不知是否需要弟子启明圣上，为您正名，以重登六世教主之位。如若尊者心有顾虑，那么另有日下掌玺大法师一位空缺，亦可由上师您来担当。"

虽尊者心知阿宝王一片好意，但委实不能领受，只因而今端坐于此的人，已不是当初那个流连八廓街耽溺爱欲、内心热烈的青年。面对世间功利，亦已无法激起心中半点涟漪。是真正领悟了生命真谛，放开生活的人。他要的，不是功利，是世间众生都能平安喜乐。

因此，尊者终是微微一笑，婉拒了阿宝王的好意。

后来阿宝王又好意嘱咐尊者说，如今世道混乱，让尊者务必小心，尤其是在京城，更是要小心外出。并在离开尊者住处之前交给尊者一函《莲花遗教》和一只宝瓶。阿宝王说，这是他曾经的上师德木呼图克图临终托付与他的。

呼图克图是蒙古地区上层大活佛的称谓，一如西藏地区活佛体系当中的达赖和班禅。呼图克图是蒙语音译，意思是“长生之人”。凡册封“呼图克图”者，其名册皆载于理藩院档案中，其下一辈转世，须经清政府代表（钦差）主持金瓶掣签仪式而加以承认。

阿宝王说，德木呼图克图临终时告诉自己，有一位跟自己法力相当的得道高僧会在他圆寂之后来到阿拉善草原，而那位高僧便就是六世达赖仓央佛爷。这两件物品则是德木呼图克图赠予尊者的一点心意，让阿宝王务必亲手转交。

说完，阿宝王便离去。尊者手执德木呼图克图的两件物品，心中无限感慨。翌日起，尊者便深居简出，极少出门，以防身份外露，只在屋内专心修习。

少有的几次出行当中，竟有一次被尊者碰见了被押解进京的第巴桑结嘉措家族的一行人。当时，尊者途径德胜门大街，忽然看到街市当中人群纷纷退向道路两旁避让。定睛再看，原来是一行从西藏来的“罪人”正被押解入京。

而被押解的正是已故的第巴桑结嘉措家中的人。有桑结嘉措的两个儿子阿旺仁钦、玛索次仁及桑结嘉措的一个女儿。连同数名桑结嘉措的亲信官员和家仆，约二三十人。

尊者立在马路一旁静静观望，心中无限悲伤。而今，当尊者念及少年时第巴桑结嘉措对自己的严厉教诲之时，竟觉温暖。正当尊者见此景状缅怀桑结嘉措之时，一只从西藏远远追随主人来到京城的獒犬穿过人流来到尊者身边，舔舐尊者衣襟，显得极为欢喜。

在这人不如犬的年代，一只忠贞獒犬竟仍记得尊者的慈悲，来与尊者亲近，令尊者甚为感动。后来那只獒犬便一直跟随在尊者身边，直到死去。

回到府上之后，有人来访。是在太医院供职的医学大师衮桑的同伴，也是一位藏人。那人不知尊者身份，亦不知尊者与衮桑熟识。他说衮桑病重，不知如何医治，听闻道格欣格格的上师极神通，因此前来求救。听闻是衮桑，尊者便毫无迟疑，随他前去。

待尊者见到衮桑时，衮桑已瘦骨嶙峋，极凄惨。尊者屏退左右之后施法祛病拔魔。不久之后，衮桑方才从昏迷中渐渐苏醒。见到是尊者亲身前来医救自己，不禁痛哭。哀悼而今的西藏的混乱时代，生生剥夺了尊者的清净，致使尊者流浪他乡。

已是多年未见，彼此心中皆极伤感。尊者临行之前，衮桑执意献给尊者十两黄金和一具中原出土的香炉和哈达等物品。并立誓为尊者祈祷一生，令尊者感动。生是幻觉，爱是真实。人与人之间的羁绊才是最为珍贵的。这一点，衮桑是领悟得极深刻的。

之后在京的数十日，尊者依照原先计划，参拜了旃檀寺等大佛金身之外，又巡礼和瞻仰了“如三十三天神阙降临人间一般的皇宫”。

公元1718年，藏历土狗年，春。

尊者携道格欣格格一行人，回到阿拉善。

倾谈五

十地庄严 住法王

21。莲事

尊者自京师回到阿拉善之后，驻锡两年。公元1720年，藏历铁鼠年，五月。尊者再次去往赛科寺，出席寺中的经堂大会。抵达赛科寺之后，一如往常，尊者受到全寺僧众的盛大供养。

在经堂大会上，尊者为众僧讲解《六般若》和《道次精义》等经典。尊者讲经时的仪态和声调等功德令众僧赞不绝口。在尊者准备北返阿拉善时，赛科寺众僧皆诚恳挽留，希望尊者可以来年再走。但阿拉善子女亦在等待尊者归返，实难两全。于是，尊者决定先返回阿拉善，来年再到赛科寺。

次年仲夏，尊者重返赛科寺。彼时，“全寺僧众手执仪仗，整队相迎。护法和随从立在欢迎的行列前头。这番的礼遇比从前更不相同。而尊者则除了一心为圣教苍生谋利之外，别无他顾。”

这一年，赛科寺的子庙嘉格隆寺的住持一位空缺。嘉格隆寺因是赛科寺的子庙，因此住持一位素来都是由赛科寺委任。这一回，嘉格隆寺的众长老知道尊者与赛科寺曲桑活佛熟识，因此，众长老协商之后，向赛科寺的各位大喇嘛和上师央告，希望赛科寺的长老们可以请到尊者担任嘉格隆寺的住持。

但尊者是六世仓央佛爷，不是寻常僧人。因此，就连赛科寺住持曲桑活佛也不敢轻易给予嘉格隆众长老们明确的答复。说道，因尊者身份殊胜，若是有意迎请，理当亲自去询问。

起初，曲桑活佛也私下问询过尊者意见，但尊者不允。因此曲桑活佛没有再提。亦是因缘时机到了，当嘉格隆寺的众长老齐齐去迎请之时，尊者脑中竟忽闪过嘉格隆寺大殿内的景象。虽尊者从未去到那一处，但彼时他脑中所现却是极为清晰和深刻的。如同神谕，令尊者重新考虑了担任住持一事。

当时，尊者看到了嘉格隆寺大殿内一幅玛索玛护法神像。画像当中的天女手中执一神剑，神剑剑柄之上刻有蝎子图案，而那只蝎竟在簌簌抖动其足，栩栩如真。

尊者一时间竟对那只画中蝎生出了无限深微之菩提心。所有心意竟都聚注在那只蝎上。尊者以为，或许，这只画中蝎便是自己与嘉格隆寺的缘起。因此，尊者最后便答应了嘉格隆寺一行僧众的请愿，去嘉格隆寺当住持。

是年。仲秋七月初三，尊者驾往嘉格隆寺。嘉格隆的迎驾仪仗早早便自嘉格隆寺出发，浩浩荡荡行走了数日，在途中便与尊者大驾迎到，令尊者感动。迎驾队伍，以赛科寺的喇嘛、长者为首，紧随代表六部及十三处禅院的众活佛，最后是一千五百余名骑士，极是宏大壮观。

七月十三，尊者登嘉格隆寺主持法座。是日，天现绮丽彩虹，跨越半空，又有天鼓声响。瑞兆不断，令嘉格隆寺僧众和安多子民对尊者更加虔信不移。

在驾临嘉格隆寺之前，尊者曾问到前来邀请尊者担任住持的一行嘉格隆寺僧人寺庙大殿当中的天女神像里天女手中所执是何物，却没有一个人可以答得上来。或有人答话，说许是神棍。尊者听后只淡淡一笑，然后告知他们真相。非是神棍，而是一柄神剑，剑柄且刻有蝎的纹案。

在尊者登座那日，尊者领众僧来到大殿，见到那幅天女神像。当时，尊者便向身边的随行僧人说，彼时你们说神像呈天女手执神棍，而今你们再看。众人循着尊者手指方向看过去，果真一如尊者先前所述。是一柄神剑，且那剑柄图案与尊者所言亦分毫不差。

又一日。尊者预料到来年战乱，于是，对随行僧人说着来年可在哪里建造寺庙。当时，因寺庙尚在，不知尊者话中意味，众僧不解。直到公元1723年青海丹增王发起叛乱，祸及嘉格隆寺，于当年秋天遭到兵燹。尊者先前的一字一句方也皆得到了印证。

战前，尊者也曾对战中将遭难的一名叫甲莫呷久的僧人说到战时的情景。尊者告知他如在来年战乱中遭遇凶险，务必不忘祈祷，如此，尊者方能前去营救。

战乱那年，甲莫呷久遭叛军追杀，因此他便骑马逃奔，不料行至悬崖再无前路，因此被逼无奈便意欲自戕。就在生死存亡之时，他猛然忆起尊者先前的话，于是，心中心念如来，不住祈祷。最终，尊者化身乌鸦前去将甲莫呷久救获。

尊者神通不时显露，看似漫不经意，实则是因尊者对一切有情俱发大乘菩提心，一切殊胜之功德皆是为了造福生灵。

22。塔布

是年，公元1723年，藏历水兔年。夏日。

喀尔喀蒙古地区库伦寺主持哲布尊丹巴呼图克图特派了一名印度游方僧来拜谒尊者。哲布尊丹巴之所以选择派一名印度僧人，是因为他考虑到而今尊者身份隐秘，而蒙古僧人因受辖于蒙古政治势力，亦寡有信义，令人难以足信，唯恐尊者身份遭到暴露，所以，哲布尊丹巴特别挑选了一名不通蒙文只懂印度语的印度僧人前往。

哲布尊丹巴，蒙古语亦称温都尔格根（高位光明者）、帕克托格根（圣光明者）或博格达格根。呼图克图，形成于17世纪初，是蒙古藏传佛教最大的活佛体系，外蒙古的哲布尊丹巴呼图克图与内蒙古的章嘉呼图克图并称为蒙古两大活佛体系。亦是藏传佛教的领袖之一。

哲布尊丹巴在信中说得极为详细，认为而今的自己年事已高，于是希望尊者能在自己有生之年驾临喀尔喀，继替自己为喀尔喀众生谋福。虽尊者与哲布尊丹巴神交已久，但尊者谦逊，认为自己“自幼即抛乡离井，一切政教事务荒疏甚久”，难当大任，于是，婉辞推却了。

不久之后，尊者便收到哲布尊丹巴圆寂的消息。当下，尊者内心极为悲恸。涕泪纵横。尊者心知，一切，亦只是因为自己与哲布尊丹巴之间缘浅罢了。

但巧的是，当时阿宝王却突然出现，邀请尊者与自己一同行往喀尔喀蒙古的车臣汗国。因年前阿宝王去往京都之时与车臣王会面之时二人就阿宝王长子衮布与车臣王的女儿联姻之事达成了一致，并且，车臣王叮嘱希望阿宝王提亲之时，能够携阿拉善声名远播的藏密上师（亦即尊者仓央嘉措）一起驾往。

尊者听阿宝王说完之后，当即便应了下来。他说，自己亦可借此机会去喀尔喀库伦寺祭奠哲布尊丹巴的灵骨。公元1724年，藏历木龙年。孟夏。尊者与阿宝王一行人一同朝喀尔喀进发。

抵达库伦寺后，尊者一如往常，受到最盛大的尊敬和供养，迎驾仪式亦是史无前例地隆重。入库伦寺后，“尊者向哲布尊丹巴的遗体进行了隆重献沐礼，献了‘千供’及‘奠礼’，极其丰盛”。祭奠完哲布尊丹巴的遗体之后，尊者令全寺僧众举行了盛大的祈福法事。为全寺僧众诵经念佛，并摸顶赐福。

告别了哲布尊丹巴遗体之后，尊者离开库伦寺，与阿宝王一起来到了车臣王的邑地。车臣王对尊者崇信有加，因此竭诚拜请尊者留下，这使得车臣汗国众施主皆大欢喜。尊者在车臣汗国驻留长达一个月之后，方才返回阿拉善旗。

彼时，因战乱兵燹惨遭荼毒败尽的嘉格隆旧寺僧众开始向尊者祈愿，希望尊者能够率领众僧重建新寺。于是，尊者便“披挂起无上慈悲的坚忍的甲胄，以无上精进的力量肩负其利益圣教和众生的神圣职责”，依照先前的授记，在扎噶地方开始重建新寺。

公元1727年，藏历火羊年。新寺重建正式动工。此寺便是日后闻名遐迩的“塔布寺”。建筑过程并不平顺，先有兵燹余烟未歇，后有不信法教的官员阻挠，可谓是困难重重。但万千苦厄不敌一个法字。十六年之后，终于建成。

是年，公元1743年，藏历水猪年。

23。多麦

在尊者筑造塔布寺的十六年间，尊者行修不止，依然会应檀越施主之请愿，为众生做法谋福，坚持不辍。

公元1730年，藏历铁狗年。在兰州，为岳钟祺征准噶尔大军祝祷，做法七日。公元1733年，藏历水牛年。依照尊者仓央嘉措的指示，于这一年的夏季，开始破土动工修昭化寺。昭化寺也成了尊者仓央嘉措日后的法体俘厝之处所。

之后，尊者又去往代脱寺。尊者是应当地一户信众之请愿前去。彼时，代脱寺的大喇嘛劳乌甲夏仲得知尊者将要驾临的消息之后，对尊者的身份持有怀疑。因此，劳乌甲夏仲便对自己的亲人和僧众说，自己要去一探虚实。

因为，劳乌甲夏仲曾在拉萨朝圣之时，有幸在驾前侍奉，亲见尊者圣颜。他亦是怕信众受骗，于是次日便带了五十余名僧徒相随，向尊者来路方向行去。不久之后，劳乌甲夏仲一行人便与尊者的队伍会于半途之中。

彼时，他与尊者之间尚有一些距离。但即便如此，他骑在马背之上还是一眼便认出了尊者的圣容。于是，不待通知队伍停步，便连忙翻下马来，急急叫住了一行僧徒，齐齐跪拜在地。见尊者一袭布衣，又念及尊者昔日布达拉宫里的荣华生活，顿时心中生出悲伤。不禁落泪。

待尊者完成此行之约，应邀做了法事之后，以劳乌甲夏仲为首的代脱寺众僧众一齐请愿，希望尊者可以担任代脱寺的堪布，做当地子民的福田，福佑众生。如是，后来越来越多的寺庙都纷纷向尊者发来请求，尊者亦竭力一一给予答复，令众家寺庙皆得欢喜。

譬如后来，尊者便驻驾了衮钦等寺。并且，在驻驾衮钦寺时，尊者又一次显露了神通。当时，尊者赴约与当地土司会宴。席间，尊者与土司交谈甚欢，忽然尊者若有所思，尔后便立刻抬起双目，久望空中，一动不动。任凭土司如何叫唤，尊者皆不应。

正在土司困惑之时，尊者突然又恢复了神色。土司见状再次发问，这才得到尊者的解释。尊者说适才是因没有得空，去做了一件事。土司不解。尊者又说，刚才有一卖烧饼为生的男子跌落水中，被急水冲走，尊者准确将此祸事预见，于是便分身前去救助。更说那人为了报答尊者的救命之恩，特将自己最后的一枚烧饼切下一半递给了尊者。

说时，竟果真从胸口拿出半枚烧饼。众人咂舌。虽是如此，那土司心中尚有疑虑，于是便暗中派人前去尊者所说的地点察看，不想，真的遇见一男子在河边晾晒被水浸湿的衣物。待人上前询问，那男子所说事迹与尊者所言是分毫不差。

如此一来，众人便越发惊奇。于是，命那男子将衣服穿好，然后连同随身物品一起带至土司面前。当下，土司便问，可知是何人搭救，在座诸位是否恰巧有你的恩人。土司话未落音，男子便直指尊者，说正是此圣僧救了自己一命。说罢便伏地跪拜，久久不起。

后来有好事者从男子带来的竹筐里拿出了仅有的半枚烧饼，再与尊者那半枚一对，恰好凑成完整的一个，纹理分毫不差。于是，自这一日起，衮钦寺当地子民僧众，无论是土司官长，还是平民百姓，皆对尊者生起了坚固不移的信仰。都甘愿成为尊者生生世世之施主。

公元1736年，藏历火龙年，皇帝降旨阿拉善人齐迁多麦地区（亦即安多地区，大致包括青海省的海北、海南、黄南、果洛四个藏族自治州、甘肃省的甘南藏族自治州和四川省的阿坝藏族羌族自治州北部）。在多麦地区，尊者一驻留，便是九年时间。

在此期间，尊者同时担任着代脱、朱古、羌仁、甲丹、色木尼、沃尔措、夏麻等十三所寺院的堪布。“尊者到多麦地区之后，为了佛法及生灵，比任何一位圣者施展出来的神通都多。针对不同的救度对象，用不同的方法加以调伏，圣行极多，如将手足印迹留在石头上面；以神通力渡过大江以及隐身之法，等等，不胜枚举。”

塔布寺建成之后两年，亦即公元1745年，藏历木牛年，尊者仓央嘉措自多麦地区回到阿拉善。

一住十年。

24。神通

在《秘传》当中，时时可见尊者显露神通之处。星云大师语：人们总是对于一些神奇怪异的现象倍加关心，而佛教平实奥妙的道理反而不容易打动他们的心。因此，在《秘传》当中，每每尊者显露神通，必能服众。

在佛教当中，“神通”是指佛、菩萨、阿罗汉等通过修持禅定所得到的神秘法力。佛经里说，神通者，神智莫测，通达无碍，谓之神通。佛教之神通，是“神中有智，智中有通”。亦即以智慧为理体，外化而现出事相——神通。

神通，主要涵盖六种：

一，天眼通。所谓“天眼通”，能见极远方事物，或能透视障碍物或身体，不受光源明暗影响。二，天耳通。所谓“天耳通”，能听极远方音声，包括言语等；或能跨过障碍物听到音声。三，他心通。所谓“他心通”，能知众生心念造作。参见心灵感应。四，神足通。所谓“神足通”，能随心游历极远处，或过去、现在、未来三世，不受时空限制。五，宿命通。所谓“宿命通”，能知众生的过去宿业，知道现时或未来受报的来由。六，漏尽通。“漏”即烦恼；所谓“漏尽通”，能破除执着烦恼，脱离轮回，意指修行证阿罗汉果。

《大萨遮尼乾子所说经·如来无过功德品》：

> 何者如来神通智行？答言：大王！沙门瞿昙神通行有六种：一者，天眼通；二者，天耳通；三者，他心通；四者，宿命通；五者，如意通；六者，漏尽通。

佛教认为，神通之获得，或由证悟修道而得，或由禅定而得，或从业报天生而得，或由神咒而得。但层次复杂，能力有浅深小大之别。六种神通当中，前五种神、魔、鬼等亦可修得，非得道之神通，亦可能变成妖魔鬼怪外道之妖通、报通、依通。

第六种“漏尽通”唯有依经教原理破除烦恼者方能证得。因此，它亦是佛教当中最高修为者方能证得之神通。但习佛不是为了神通。念佛以求生西方、究竟成佛为志愿，不应以求神通为目的。否则，错认路头，终致堕落，祈善思维。

《文钞·复永嘉某居士昆季书》云：

> 持咒诵经，以之植福慧，消罪业，则可矣。若妄意欲求神通。则所谓舍本逐末，不善用心。倘此心固结。又复理路不清，戒力不坚，菩提心不生，而人我心偏炽。则着魔发狂。尚有日在。夫欲得神通，须先得道，得道则神通自具。若不致力于道，而唯求乎通，且无论通不能得，即得则或反障道。

学佛之人，无论修学何种法门，若唯以求神通为目的，则此求神通之心，必障般若。神通之于解脱，不是根本，只能救济治标。根本在于修身养性，获得长久的平静，破除苦厄。

而显露神通之于佛、菩萨、大阿罗汉而言，亦只是为了度化恶劣根机，破除众生痴疑困惑。如尊者仓央嘉措一般真正的密宗上师亦绝不会为了显耀之目的而大显神通。因佛法之根本在于增长智慧，不是获得并显耀神通。

而今，藏密蔚然成风。藏密源起于古印度，后由莲花生大士、阿底峡尊者等印度得道高僧传入西藏，并发扬光大自成藏密。而今的藏密被认为是现存最完整、最系统的密宗。藏密讲究三密相应，即“语密”（口诵真言密咒）、“身密”（手结契印）、“意密”（心作观想）。三密相应，方能成佛。

许多心意歪斜的僧众以修习藏密获得神通为目的，但一如《文钞·世界佛教居士林释尊成道纪念日开示法语》所云：“修密宗者……不善用心，即易着魔。”心意不正，亦不可得道，却易着魔。

在这浊浊人世间，最珍贵的，始终是般若智慧。

25. 法相

法相。诸法之相状，包含体相（本质）与义相（意义）二者。人们常用“法相庄严”来形容佛颜之美、之洁圣。佛教当中有这样的说法。如来应化之身，应具三十二相。以表法身众德圆极，人天中尊，众圣之王也。三十二相包括：

其一，“足安平相。谓足下安立，皆悉平满，犹如奁底也。”

其二，“千辐轮相。谓足下毂网轮纹，众相圆满，有如千辐轮也。”

其三，“手指纤长相。谓手指纤细圆长，端直好，指节参差，光润可爱，胜余人也。”

其四，“手足柔软相。谓手足极妙柔软，胜余身分也。”

其五，“手足缦网相。谓手指中间，缦网交合，文同绮画，犹如鹅王之足也。”

其六，“足跟满足相。跟，足踵也。谓足之踵，圆满具足也。”

其七，“足趺高好相。谓足之趺，高起如真金之色；趺上之毛，青琉璃色，种种装饰，妙好圆满也。”

其八，“腨如鹿王相。腨，股肉也。腨如鹿王相者，谓足腨渐次纤圆，如彼鹿王之腨，纤好第一也。”

其九，“手过膝相。谓双臂修直，不俯不仰，平立过膝也。”

其十，“马阴藏相。谓阴相藏密，犹如马阴，不可见也。”

其十一，“身纵广相。谓身仪端正，竖纵横广，无不相称也。”

其十二，“毛孔生青色相。谓身诸毛孔，一孔一毛，生相不乱，右旋上向，青色柔软也。”

其十三，“身毛上靡相。谓身诸毫毛，皆右旋向上，而偃伏也。”

其十四，“身金色相。谓身皆金色，光明晃曜，如紫金聚，众相庄严，微妙第一也。”

其十五，“身光面各一丈相。谓身放光明，四面各一丈也。”

其十六，“皮肤细滑相。谓皮肤细腻滑泽，不受尘水，不停蚊蚋。”

其十七，“七处平满相。谓两足下、两手、两肩、项中，七处皆平满端正也。”

其十八，“两腋满相。谓左右两腋，平满而不窊也。”

其十九，“身如狮子相。谓身体平正，威仪严肃，如狮子王也。”

其二十，“身端直相。谓身形端正，平直不伛曲也。”

其二十一，“肩圆满相。谓两肩圆满而丰腴也。”

其二十二，“四十齿相。谓常人但有三十六齿，唯佛具足四十齿也。”

其二十三，“齿白齐密相。谓四十齿皆白净齐密，根复深固也。”

其二十四，“四牙白净相。谓四牙最白而大，莹洁鲜净也。”

其二十五，“颊车如狮子相。谓两颊车隆满如狮子王也。”

其二十六，“咽中津液得上味相。谓咽喉中常有津液，上妙美味，如甘露流注也。”

其二十七，“广长舌相。谓舌广而长，柔软红薄，能覆面而至于发际也。”

其二十八，“梵音深远相。谓音声和雅，近远皆到，无处不闻也。”

其二十九，“眼色如金精相。谓眼目清净明莹，如金色精也。”

其三十，“眼睫如牛王相。睫，目旁毛也。谓眼睫殊胜如牛王也。”

其三十一，“眉间白毫相。谓两眉之间，有白玉毫，清净柔软，如兜罗绵，右旋宛转，常放光明也。”

其三十二，“顶肉髻成相。谓顶上有肉，高起如髻，亦名无见顶相，谓一切人天二乘菩萨，皆不能见故也。”

尊者法相何如？亦始终令世人持深足的好奇心。在短短数十页的《秘传》当中，关于尊者的相貌体态，阿旺伦珠达吉就有长达两页的描述，字字皆是爱赞。

他说，尊者的相貌体态，是不高不矮，不胖不瘦。无论何时，在人群当中纵是风采超俗、气度不凡。“纵令鹑衣百结，也胜过他人的锦衣华服。”所有对尊者倨傲不恭者亲见尊者仪容之后都会立刻伏地心折。

又记：

尊者面容俊美，齿白唇红，光彩照人。虽然年逾六十，但相貌常如三十余岁的人，偶尔也显示高寿的面容。头发油亮蜷曲，有时每月需剃一次，有时四五个月不剃也不见更长。双手过膝，手足掌心俱红润，指趾间不生空隙。关节不显，齿如编贝，共四十颗整。其中下边的右门齿恰似一颗尖端折断的松耳宝石，颜色碧绿。

尊者讲过：“当我年幼时，违大愿法会。有一夜戏做跳神舞，从高屋顶上坠下，摔到石板上面，将这牙齐根磕掉。当时颊颐皆肿，疼痛难忍，向三宝奋力祈祷之后，到了天明，肿胀全消，居然痊愈。如今这里不是缺一颗吗？”那牙根还常常露在外面，有时恐怕在众人面前发笑时被人看到，所以常常不使人见到这颗断牙。

尊者生就一双凤眼，细看眼眸似乎有彩虹闪耀。双耳迤长，耳垂有孔。鼻准隆直，唇形美，令人一见之下便生崇敬之心，不敢仰视。虽有痘痕，但往往一点儿也不显。到年岁很高时手足也没有青筋暴起。腰身挺拔，毫无龙钟老态。

左掌有目形纹，右手食指稍偏左方有一金刚手佛像凸现——眼目须发清晰可见。无名指间右侧有“嗡阿吽”叠字，用来指验舍利子神效无比。当进行熏药或沐浴时，可运气使男根缩至腹中。在裸体做金刚跏趺及双手等引行导引术时，神采美妙，令人倾倒。

持戒的香气浓烈，甚至尊者用过的卧具、筹子、木箸等物也都香气氤氲。尊者曾讲过：“即使混在乞丐群中，我身上这股香气也使他人生疑。”每食蒜，口中呼气全无蒜臭。吐气如药香。吸烟时，喷出的烟气与供神的异香一样……种种功德奇妙非凡，令人不可思议，所有的随侍仆从，有目共睹。

如是。尊者形容实乃真真正正之庄严法相。

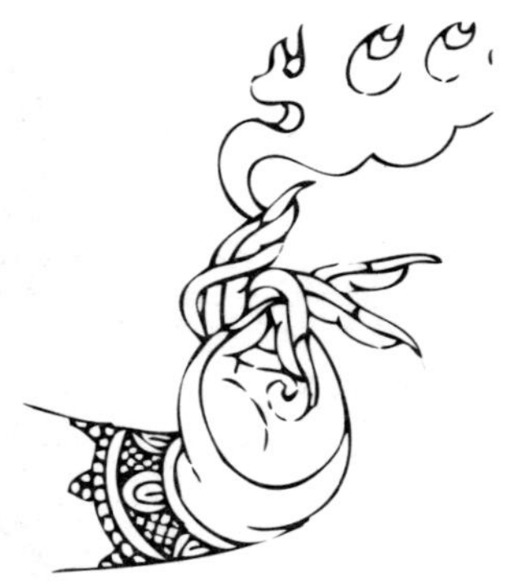

倾谈六

但逐轮回 向死亡

26。送离

塔布寺建成那年，尊者已六十一岁。

彼时，是公元1743年，藏历水猪年。那一年，尊者流年不利。某一些事情，他亦开始隐隐有所预见。这一切亦看在尊者的弟子眼中。尊者身体变得脆弱，时不时会出现异样。令他的弟子们，尤其是微末弟子阿旺伦珠达吉忧心。因此，在这一年，多麦地区的众多寺院都遵照阿旺伦珠达吉的想法，陆续为尊者做了法事祈福，持续诵念“延寿咒”和《甘珠尔经》。

公元1745年，藏历木牛年。尊者患病。这一年，每当尊者巡礼之时，总会对前来朝拜的老人们说让他们好生将自己记住。老人们听在心里极是惶恐，都以为尊者是在暗示他们命不久矣。其实不是。尊者暗示的是他自己。

也是在这一年，尊者心中有所预料，于是，便开始陆续地交接住持事宜。这一处，《秘传》记载：

> 大同寺院主的职务，经再三坚辞，终于易位，因之尊者道：“现在我的心才安定了！”至于嘉格隆寺院主的职位，虽经坚辞，但仍未能交卸。尊者又到庙里，说：“我任院主二十五年了，如今年事已高，无能为力，若死于任上，很是不好。”如此这般，申说了辞职的理由。但是大家心里只是想到尊者不愿，而没想到寿限将至。尊者为禅林及神殿举行了安住仪式，把一只咒结赐予管事长老曲吉，降法旨道：“我俩的事，在此一言为定了。”
>
> 至牛年孟冬二十日，回到蒙古地区营帐中。刚一落座，便道：“我心安了！”表现出欣慰的心情。

十月二十六，尊者病容微露。此时，燃灯节刚过。燃灯节是为了纪念格鲁派创始人宗喀巴大师的逝世而举行的活动，于每年藏历十月二十五日举行。这天凡属该教派的各大小寺庙、各村寨牧民，都要在寺院内外的神坛上，家中的经堂里，点酥油灯，昼夜不灭。

于此，便再次传书各地寺庙，聚集僧众集体为尊者诵经禳解。如此一来，尊者病症稍微缓和，但也绵延一月有余，始终卧床不起。至十二月时，尊者执意要起身做完旧年法事迎接新岁。且尊者希望而今这一年的传召大法会要比往年更加隆重盛大。

听尊者如此一说，阿旺便更知尊者大限将至。

传召大法会又称为莫朗钦波节，是西藏最大的宗教节日。此会是由格鲁派创始人，宗教的改革家宗喀巴于1409年在拉萨发起的一次祈祷大会延续而来的。在这期间西藏三大寺的僧人近两万人集中在拉萨大昭寺向释迦牟尼的佛像祈祷，并举行格西学位的考试。西藏与其他地方的佛教信仰者也来此朝佛，放布施。

因此，当日传昭期间，四面八方是人众荟萃。尊者每日接见的信众和朝拜者难以计数。除此之外，讲经说法、祈愿赐福，尊者一一极力亲为，令朝拜之人皆得欢喜。于是，一场传召大法会下来，尊者更是形容憔悴。

弟子们每每劝阻，尊者总是和眉悦目微微一笑，然后说道："话虽如此，来聚会的人们一心思念于我，专程前来，还是不要阻止他们晋见的好。每一坐法，每一祈愿，都要做到毫不挂碍才好。"

大法会结束之后，便是新年。

初一。尊者强撑病躯，为众人宣讲新年庆贺格言。初二。一病不起。时而昏迷，时而寒热交作。阿旺为尊者按摩之后，尊者方才稍感舒适。但仍旧是极度艰辛。初三如是。初四亦如是。初五。阿旺领衔二十一位僧人为尊者举行了消灾解厄的施食法事。日夜不辍，并持续了一个半月。

如此，尊者病情好转，绵延至四月。

27。圆寂

他是观音化身殊胜怙主尊者。

一切灾难苦厄都应离于圣者。

但公元1746年的四五月，之于尊者而言，却是极殊胜的一段时光。一如佛祖和大圣，为了促使这浊浊人世当中所调伏的对象，即那些持常见者能生厌离心，信奉佛法，尊者以最后的肉身消亡之功德令众生明白，佛亦常人，常人亦可成佛。

缘起缘灭，皆不过只是一念之间的事。

四月初六。《秘传》记：

（尊者）把以弥勒佛殿为首的三座殿内的神像全聚到一起，进行了开光仪轨。尊者嘱咐我们对这灵验非凡的弥勒佛像更要勤奋供奉。赐我（阿旺伦珠达吉）红色咒结一条。送家母及管事白咒结各一条。复吩咐我与惹江巴·洛桑次诚二人务必把所有神殿中的神像、经籍、供器等全部造出清册。有些像中的藏物已朽，有些缺少藏物，俱应重新装好。要对全部神像进行献浴、涂金、开眼等事项。我们全部照办，而有些事则是他老人家亲自做的。

四月三十。《秘传》记：

（尊者）在这天为一些安放藏物的佛像举行了中等规模的开光仪式。尊者令我将他自己亲用的金刚杵铃和长耳帽等物品送于夏鲁仓大师，请他要按先前许诺的那样为教法和众生造福。又把另一只金刚杵铃献与上师甘丹赤巴。尊者道："吉事一毕，我今生的事业也就功德圆满了。"我等虽再三恳求，请尊者在此教法衰微之际务必发大愿心，但也于事无补，只有诵经祈愿，做了些法事，又请神问卜，却都不甚灵验。

五月初七。《秘传》记：

（尊者）病情稍缓，与前一日无甚差异。开经祈寿，大家一齐祝祷。做过法事之后，尊者即面露笑容。虽能应声，但有怔忡之相。随后打发人到衙门和庙里送信。这边则仍然努力做法祈寿，坚持不辍。

尊者圆寂之前，用尽最后的气力将生前的所有未尽之事一一都料理得极清晰极完整。如是，尊者方才将一颗心安放稳妥，静默远离。

阿旺伦珠达吉决然未曾料到，那一日，竟是他与恩师在一起的最后时光。是夜，阿旺独自伴于尊者驾前。至夜深时，尊者忽然对阿旺说话，说自己的身体感觉有了变数，极为不妙。说时，便伸手将阿旺揽入怀中，亲吻并抚摸。二人这一生的缘是极深重的，所以，尊者对阿旺说，对他极是不舍。

听到尊者的话，阿旺当即痛哭，悲戚难抑。尔后，阿旺迅速找来医生为尊者诊治。但一切命数，尊者皆已了然于心。心知诸天空行都已前来接引。良久，尊者发话，时辰已到。湛然一笑，双目闭合。赴光净天法身三摩地之圣境了。

生死，不过只是轮回一事。生无须大喜，死亦无须大悲。生生死死之轮常，都不过只是肉身更迭的形式。佛祖和大圣，皆可穿透世俗表象，不重肉身存亡，而透过生死表象，证得觉悟，获得灵魂的永久自由和终极快乐。

公元1746年，藏历火虎年。是年，五月八日。藏传佛教史上最受人珍爱的上师，观音化身殊胜怙主尊者——一切知洛桑仁钦仓央嘉措，第六世达赖喇嘛，圆寂。

尊者圆寂之后，众高僧商议后，依照尊者生前预示，将尊者的遗体完好地保存，并安放于昭化寺内。

在西藏的葬礼当中，火葬和塔葬极为尊贵，都是高僧大德方才能够享有的礼遇。而塔葬又分为三种。一是将肉身火化，骨灰入塔。二是部分遗骨入塔。三是完全肉身入塔。而尊者六世达赖仓央嘉措的葬礼，便是至为尊贵的完全肉身塔葬。

后来，尊者仓央嘉措的肉身灵塔从昭化寺转至广宗寺内供奉。在“文革”那一段非常时期内，广宗寺一度被毁，庆幸的是，尊者仓央嘉措的遗骨和舍利子仍旧在祸乱里被虔诚信徒舍身保存了下来。之后，信徒为尊者专门建造了一座黄塔，用来安放他重新火葬后的骨灰。即，六世达赖喇嘛荼毗塔。

如是。

尊者仓央嘉措的传奇一生。

方才渐寂无声，沉于史册。

28。正见

菩萨福德无量无边。

当以譬喻因缘故知。

迦叶！

譬如一切大地，

众生所用，无分别心，不求其报。

菩萨亦尔，从初发心，至坐道场，

一切众生皆蒙利益，心无分别，不求其报。

迦叶！

譬如一切水种，

百谷药木皆得增长。

菩萨亦尔，自心净故，

慈悲普覆一切众生，皆令增长一切善法。

迦叶！

譬如一切火种，

皆能成熟百谷果实。

菩萨智慧亦复如是，

皆能成熟一切善法。

迦叶！

譬如一切风种，

皆能成立一切世界。

菩萨方便亦复如是，

皆能成立一切佛法。

迦叶！

譬如月初生时，

光明形色日日增长。

菩萨净心亦复如是，

一切善法日日增长。

迦叶！

譬如日之初出，

一时放光，普为一切众生照明。

菩萨亦尔，放智慧光，

一时普照一切众生。

迦叶！

譬如狮子兽王，

随所至处，不惊不畏。

菩萨亦尔，清净持戒，

真实智慧，随所住处，不惊不畏。

迦叶！

譬如善调象王，

能办大事，身不疲极。

菩萨亦尔，善调心故，

能为众生作大利益，心无疲倦。

迦叶！

譬如有诸莲花，

生于水中，水不能着。

菩萨亦尔，生于世间，

而世间法所不能污。

迦叶！

譬如有人伐树，根在还生。

菩萨亦尔，方便力故，

虽断结使，有善根爱，

还生三界。

迦叶！

譬如诸方流水，

入大海已，皆为一味。

菩萨亦尔，以种种门集诸善根，

回向阿耨多罗三藐三菩提，皆为一味。

迦叶！

譬如须弥山王，

忉利诸天及四天王，皆依止住。

菩萨菩提心亦复如是，

为萨婆若所依止住。

迦叶！

譬如有大国王，

以臣力故能办国事。

菩萨智慧亦复如是，

方便力故，皆能成办一切佛事。

迦叶！

譬如天晴明时，

净无云翳，必无雨相。

寡闻菩萨无法雨相，

亦复如是。

迦叶！

譬如天阴云时，

必能降雨充足众生。

菩萨亦尔，

从大悲云起大法雨，利益众生。

迦叶！

譬如随转轮王所出之处，

则有七宝。

如是迦叶！

菩萨出时，三十七品现于世间。

迦叶！

譬如随摩尼珠所在之处，

则有无量金银珍宝。

菩萨亦尔，随所出处，

则有无量百千声闻辟支佛宝。

迦叶！

譬如忉利诸天，

入同等园，所用之物皆悉同等。

菩萨亦尔，真净心故，

于众生中平等教化。

迦叶！

譬如咒术药力，

毒不害人。

菩萨结毒亦复如是，
智慧力故，不堕恶道。

迦叶！
譬如诸大城中所弃粪秽，
若置甘蔗蒲桃田中，则有利益。
菩萨结使亦复如是，所有遗余，
皆是利益，萨婆若因缘故。

自《宝积经》。菩萨无量功德如是。尊者一生善迹遍布西藏、青海、尼泊尔、印度等地，佛光可照见芸芸众生。是真真“发心为利他，求正等菩提”。

菩提心的本体是利益一切众生，让他们获得如来正等觉果位的希求心。它为一切诸佛之种子，是净法长养之良田。若发起此心，勤行精进，则得速成无上菩提。“菩提”二字即是成佛之意。盖此菩提心乃大乘菩萨最初必发起之大心；生起此心称为发菩提心，略称发心、发意；最初之发心，则称初发心、新发意，为菩提之根本。

尊者仓央嘉措，自诞世至圆寂，一世一生，得菩提，成圆满。因此，死亡对于尊者而言，是欣喜相迎的。抛却肉体，获得自由，和永恒的光明。

29。彼岸

却来观世间，犹如梦中事。自《楞严经》。

阿旺伦珠达吉的那一册《秘传》，薄薄数十页，却反反复复读了一整月。而今读来，这本年代久远极难考证却委实又极为珍贵的小书，果真是有令人耽溺之力的。

因汉藏语系疏离，所以《秘传》的汉译本，终有瑕疵。但《秘传》的内核在那里。尊者仓央嘉措的后半生在那里。佛法的智慧和尊者的人生奥义在那里。纵《秘传》所叙事宜难以考证，但阅读它时，当中依然有种力量让我隐隐知觉自己是在与真相靠近。

读《秘传》，得到几个道理。一如尊者毕生所行。独处，隐居，云游，保持内心的洁净与清明。记得有人向我说过，习佛不是为了功利，而是为了打开心门，增长智慧，获得长久的平静和欢喜。

唐诗人寒山子有诗曰：

千云万水间，中有一闲士，
白日游青山，夜归岩下睡。
倏尔过春秋，寂然无尘累，
快哉何所依？静若秋江水。

爱极了这首诗。吟诵千万次亦不觉倦。这当中的逍遥意趣，令人心驰神往。他是在山中修道，尊者是在人间习佛。看似殊途，却终究同归。犹似佛法教导世人放开的真意。真正放开的人，才不会为尘世所累，才能云游山水，与天地共枕。

尊者少年时的爱欲生死之修行，其实冥冥之中亦是为了将来的放开，亦是为了更好地爱。爱一草一木一虫一鸟。放开心，爱世间万物，爱上爱本身。如此，方能得正见，获得深刻的宁静。这亦是尊者仓央嘉措后半世之修行所要教导世人获知的道理。

曾以为，他——尊者六世达赖仓央嘉措的一生好寂寥。而今，读完《秘传》，亦已落笔至此，方知自己曾经的以为是荒谬的。他的那圆满一世根本便是，极热烈、极丰盛的。

童年。

他也曾是纯真男童。与幼龄的伙伴在青藏高原的日光之下，追逐，嬉戏，一笑一回头。彼时，贫困不是阻碍，瘦弱不是阻碍，甚至连失去至亲，也不能成为阻碍。他就是那个见天见地皆满心欢喜不尽的男孩。一切都温暖如光，是明媚至极的。

少年。

他也曾迷惘、徘徊。孤清的宗教生涯时时考验着他尚单薄的瘦弱身躯。但他有智慧。他以少年之眼，来领悟世人从生至死亦不可知获的佛法和道理。并带给自己深刻的佛法根基。心极干枯时，便提笔作下两首诗。也是浪漫。

青年。

他亦尝试挣扎与抵抗。以为挣脱束缚的方法是叛逆。流连在八廓街，看尽人世声色犬马。但他亦开始知道有命运这回事。并日渐明晓，岁月不宽宏，一切苦厄并非来自灰暗人间，而是来自自己内心的尘埃和庸扰。于是，他终于知道，爱欲生死之惑之痛之深不可触，不是生命的真相。

后来。

他终于看穿，并懂得放下。去峨眉山，去尼泊尔，去印度，去阿拉善，去多麦。带着佛光，巡礼人间。那时，他所踏过的山川、河流、沙漠、绿林，茫茫荒原，或是陌生小镇，皆是他成佛的道场。

一生若此。

阅读《秘传》至尊者圆寂的那一处时，心中阵痛。彼时，那痛楚并不绵长，却真实深刻，甚至是有些锋利的。直至落笔再写，写他圆寂时，那痛楚方才变得缓，变得淡，变得轻。因书写而知道，其实，至此，他的一生已然圆满如初。是他一早便知，欢喜迎纳的结局。

自成圆满。

他——一切知洛桑仁钦仓央嘉措的，
一生一世。

如淡星，
如素月，
如暖日。

悬于尘埃里，
悬于书册中，
悬于天地间。

成为，
芸芸后世的，
生命之光。

30。无涯

佛说。

众生无始生死以来，

长夜轮转，

不知苦之本际。

譬如大雨渧泡，

一生一灭。

生之苦、痛、哀、怒，人人皆要迎对。唯有习佛，以正见破除三界烦恼，追求解脱苦与苦因，方能清心净性，知获新生。而他——六世达赖仓央嘉措，以低于宗教的姿态，潇潇洒洒逡巡人世，以爱欲生死之修行，度化三百年后众生芸芸。

绝不会自以为，书写完他的一生一世，便已知获他的人生奥义。他的人生奥义一如他生生世世习佛之“道场”。在实，在虚。在幻，在空。在可知的地，在不可知的天。在今生，在来世。在瞬间，在永久。在身外，在心中。在你我不可触及的生命罅隙当中。

而这一些，都是书写亦难以抵达的。

书末，抄送《信心铭》，予天下习佛有缘之人。《信心铭》是极重要的佛教法典。是汉家禅宗三祖僧璨大师的必胜心得。无论是藏传佛教，还是汉传佛教。无论是密宗，还是禅宗。佛座下八万四千法门，若要习得成就，皆不能违背它的原则。

或许。你我终有一日，会皈依，心向佛陀。

《信心铭》：

至道无难，惟嫌拣择。但莫憎爱，洞然明白。

毫厘有差，天地悬隔。欲得现前，莫存顺逆。

违顺相争，是为心病。不识玄旨，徒劳念静。

圆同太虚，无欠无余。良由取舍，所以不如。

莫逐有缘，勿住空忍。一种平怀，泯然自尽。

止动归止，止更弥动。惟滞两边，宁知一种。

一种不通，两处失功。遣有没有，从空背空。

多言多虑，转不相应。绝言绝虑，无处不通。

归根得旨，随照失宗。须臾返照，胜却前空。

前空转变，皆由妄见。不用求真，惟须息见。

二见不住，慎莫追寻。才有是非，纷然失心。

二由一有，一亦莫守。一心不生，万法无咎。

无咎无法，不生不心，能随境灭，境逐能沉。

境由能境，能由境能。欲知两段，原是一空。

一空同两，齐含万象。不见精粗，宁有偏党。

大道体宽，无易无难。小见狐疑，转急转迟。

执之失度，必入邪路。放之自然，体无去住。

任性合道，逍遥绝恼。系念乖真，昏沉不好。

不好劳神，何用疏亲。欲取一乘，勿恶六尘。

六尘不恶，还同正觉。智者无为，愚人自缚。

法无异法，妄自爱著。将心用心，岂非大错。

迷生寂乱，悟无好恶。一切二边，良由斟酌。

梦幻空花，何劳把捉。得失是非，一时放却。

眼若不睡，诸梦自除。心若不异，万法一如。
一如体元，兀尔忘缘。万法齐观，归复自然。
泯其所以，不可方比。止动无动，动止无止。
两既不成，一何有尔。究竟穷极，不存轨则。
契心平等，所作俱息。狐疑净尽，正信调直。
一切不留，无可记忆。虚明自照，不劳心力。
非思量处，识情难测。真如法界，无他无自。
要急相应，惟言不二。不二皆同，无不包容。
十方智者，皆入此宗。宗非促延，一念万年。
无在不在，十方目前。极小同大，忘绝境界。
极大同小，不见边表。有即是无，无即是有。
若不如是，必不须守。一即一切，一切即一。
但能如是，何虑不毕。信心不二，不二信心。
言语道断，非去来今。

每个人心里都住着一个仓央嘉措。

而今，
我写下的、你读到的，
便是住在我心里的，
那一个，

仓央嘉措。

而今，

再念他时，只觉，

仓央嘉措四字，

如生之丰盛热烈，

亦如死之幽深无涯。

一切入寂。

往事浓淡，

色如清，

已轻。

经年悲喜，

净如镜，

已静。

附　录

与仓央嘉措有关

附录1 | 相关仓央嘉措诗文录

1

金穗 节选

桑杰嘉措

在东方多吉丹圣地北面，
古名叫作布尔杰的西蕃，
这里有像天柱般的高山，
如曼陀罗般的翠玉湖泊，
似透明水晶塔般的雪峰，
金色的草原像金山座座，

可入药的植物气味香浓，
秋天点缀着明媚的金花，
夏季装饰着碧绿的玉叶，
啊，雪域怙主观音菩萨，
这里就是您所化的刹土，
此地即有您所化的众徒，
您，是一切众生的救主，
您，应把雪域好好制伏！

从上述共性或个性方面都说明，要把封闭的穷乡僻壤那些受五毒之害最深的人加以制伏的话，若仅以师父或百姓的身份出现，则无法达到目的。所以说：

蕃人把国王看得至高无上，
须君临宝座才能治好西藏。

正如所云，自聂赤赞普等“天之七赤王”、“地上六勤王”、“八德王”、“五赞王”等历代王政，都是以神话、巫卜和苯教来进行治理的，从拉妥妥日年赞到“祖孙三王”，这期间，“杰旺丹巴仁波切”——佛教得以诞生和弘扬，使佛法太阳的明光照亮了黑暗的番域。在后弘期，出现了无数诸如仲敦巴·甲瓦琼乃等居士，启库大法师娘·尼玛颜色等咒师，喀钦·贡巴娃等出家僧侣，他们为雪域众生造福的功绩，已在我所撰写的五世达赖的传记《土古拉》第四卷里详细地进行了记载。

五世达赖所著自传《云裳》里的《极秘之部》有（神降偈）曰：“为利生事业转世七次，尔当为其中的第五世。”无量的大慈大悲之心来源于殊胜之佛——永远注视着众生的观世音菩萨，她亲临雪域佛地——为生活在浊世的众生，宣扬不尽的如大海一般的佛法功业；她化作身穿黄色袈裟、头戴黄色法帽、超越一切的胜者——她转世七世、生世洁净根弃二障、在无所住的境界、像水月一样脱离了是非真伪身像的第五世（达赖）；她是福泽的明灯，根除众生的愚昧，将其引上光明的佛法大道；她像所有珍宝的来源大海一样，是一切善业的发祥地；她像用全部祥瑞垒成的高山，如给人以荫凉的大树，似佛法的太阳！所以，人们都这样称呼阿旺罗桑嘉措为充满青春活力之释教的无畏守护者。这一名誉满三界，具有断证、功德、慈悲、“五见”，连生庚年月这样的小事也与净饭王之子——释迦牟尼完全相同，包括引导神祇在内的一切众生之佛——五世达赖，他从根本上抛弃了生因二障、获得了金刚石一样不可摧毁的生机，为适应所化徒众而幻灭自身，这也是殊胜功业的神奇秘法之所在。

为此，他深感第六世达赖即将出世，而护法神府坚嘉措也对之进行了劝慰，故下令在措那宗修复（寺庙），即于拉瓦宇松——三低洼地新建宝座，再到三大寺进行佛事活动，以满足一切众生的心愿……然后把泥石一般的鄙人视为金子置之于摄政地位，鄙人虽以各种理由辞让，但他严令鄙人：“必须居于摄政王位，以执掌权柄；而且不能像以往的摄政王那样只掌管政权，还要掌管佛法和人世庶务。在这些方面，无论你做什么，全都和我在做一样，没有区别；不要推诿，要坚定不移地指挥一切。”就这样，既做了如上教导，又向下进行了宣布。

显宗的《百业经藏》有云：“主宰者们，（我）如来在不久的将来连聚合细粒而成的躯体也将一丝不剩地在涅槃界完全寂灭。我涅槃之后，你们要护持佛法。”……所谓的“主宰者们”，即指的四大天王、大觉仙、十方佛。要求一如对他们所嘱托的一样对殊胜尊者也应如此的遗嘱，并对以护法为业的厄鲁特蒙古为首的施主们也进行了宣谕。这一切不仅书写在布达拉宫三梯门的墙壁之上，而且还按上了祥瑞的一双掌印……

水狗年（1682）二月，（五世达赖）在进行了说（经）、辩（经）、著（经）的佛事功德之后，专一不二地潜心于“三昧之定”，而闭关修行到下弦月。时至空行母聚集之吉旦——二十五日那天，又对以鄙人为首的近侍、随员进行了政教二制的重要教诲；此外，还对金刚弟子的鄙人进行了如何妥善处理朝廷、蒙、藏的关系；对暂要保密、不能决断的大小事情，都应求神降旨。说完这些遗嘱，在摄去庄严之相的同时，破除五毒，于五天之内成为“双运幻化”之身。

虹彩空横，天雨神花，异香扑鼻，在众多空行母的恭迎下，瞬息间去向了空行净界邹仗那莲花明光的具喜佛宫——那无边大海的极乐刹土……

二月二十八日，乃琼大神降旨曰：

……
已往的师长迭代急传，
均因佛法未很好创建，
如今的光明呈现东南，
浊世众生异常的野蛮，
要把灯点燃比较困难，
但我贝哈尔王可担保：
不久即将出现在人寰。
……

三月三日，耿青大梵白额大神又做了授记：“现在殊胜尊者还未入母胎，其灵心在曩色林与塔布之间的东南方向。如再说明白一些，则浊世的众生命薄福浅，可能对之产生魔障，以致造成灾难，不利……”

玻璃琉璃的深色百瓣林，
在各种各样金刚的中心，
成一威猛的狮子栖息处，
太阳的光辉照射着山陵，
狮子的意向面对着白雪，
云气慢步像迎东海贵宾。

为此，大神解释说：“所谓‘玻璃’，是纯洁无垢的象征，其表里透明特性，显示了纯真无瑕；此外，‘乜’（疯）种姓的旧译密乘的宗旨即像琉璃一样，颜色深褐。所谓‘百瓣’就是莲花，有两种含义，一是启库大师，即莲花林人，一是体现了那里的地形地貌。所谓‘林’，就是指诞生的地方——邬坚林。”

……

“乜”这一家族，源远流长。过去曾出现过一位精通印藏文字的密宗承传——乜·旺久卡热大译师，迭代相传到启库大师班觉，秘名白玛林巴（即莲花林巴）等，其间，出现过无数的人中之佼佼者……到了喇嘛丹增扎巴，八十高龄圆寂。在先，他娶邬琼布珍为妇，于铁兔年生了一子，名曰扎喜丹增……从小就自觉地乐善好施，根绝恶行，且聪慧过人，对祖辈著述，过目不忘，专心致志，毫不松懈，通晓白玛林巴密教……这位“乜”姓后裔、密宗大师仁增扎喜丹增就是第六世殊胜尊者的父亲。

（吐蕃）法王（一般指松赞干布）失散的后裔，有的脸上生着狗嘴，有的头上长了角，认为不吉祥，就被放逐到门隅地方，以后分成两支，不论哪支，反正都是法王后代，他们不住宫殿，而在山上修筑城堡，成为黎民百姓之王，过去了若干代后，其中一人生了七子，长子名叫贡格杰（上善君），到了拉瓦宇松，与波俄托西结成玉臣关系，建立了措松拉邬康巴家室，生了一个公子名叫左格，以及两个出家的孩子……（后代曾与汤东杰波有过联系）…… 到了却俄达杰，生了两个孩子，一个叫噶玛多吉，从夏姆仁辛地方娶了一个名叫阿布迪的妃子，于土狗年生一闺女，她从小受到良好的家教，品德高尚，信仰虔诚，施舍大方，文雅蕴藉，完全杜绝了五恶，具备人德……从而成了普度“三有”（或三界）的殊胜尊者的母亲——名曰邬琼·次旺拉姆。

……

藏历十一饶琼（年）后叶，就梵文中讲是“如底如热”年，就密教而言是“查久”一“吐血”年，就东方汉族说是“癸亥”年，就我雪域称为“水猪”年的闰二月的前一个二月、润一日的前一个一日一日嘎日 （现在的星期天）的良辰吉旦（注：即康熙二十二年三月X日、公元一六八三年三月二十八日），为荫凉众生而造福积善的殊胜尊者（第六世达赖仓央嘉措）诞生了。

尊者从诞生开始，即一污不染，具备三十二吉相、八十随好，令人一见即饱眼福。《方广大庄严经》有云：“这位‘一切成’的孩子所具备的‘大勇’者的三十二吉相是：‘肉髻突兀，头闪佛光，孔雀颈羽色的长发右旋着下垂，眉宇对称，眉间白毫有如银雪，眼毛睫逼似牛王之睫，眼睛黑白分明，四十颗牙齿平滑、整齐、洁白、声具梵音，味觉最灵，舌头既长且薄，颌轮如狮，肩膊圆满，肩头隆起，皮肤细腻颜色金黄，手长过膝，上身如狮，体如柽柳匀称，汗毛单生，四肢汗毛旋向上，势峰茂密，大腿浑圆，胫如兽王系泥耶，手指纤长，脚跟回广，脚背高厚，手掌脚掌平整细软，掌有蹼网，脚下有千辐轮，立足坚稳……’具有这种吉相的大王不会是转轮王，而应是大慈大悲的观世音菩萨……”具有人十随好，也是妙貌、吉相之意，与三十二吉相大同小异，这里从略 的“一切成”孩子，不是站在国王的王位上而是为了出家才来到人世的。这一切在他身上都完全具备，而我们这些被三毒之酒所迷醉的人，体察的能力就如瘸子走路的初业者，见不到（吉相）也不能成为没有的理由。

《佛界颂经》记载说：

俨如下弦十四日月亮，
能够微微地看见光芒，
笃信上乘佛教的人们，
能够微微地看见佛象。
俨如上弦的月亮一样，
一丝一毫地逐步增长，
站在地面之上的人们，
能够逐夜地见其渐广。
俨如上弦十五日月亮，
完完全全的圆满辉煌，
到了地的最边缘之上，
佛像也呈现圆满吉象。

站在地上的人是看不见佛像的，只有达到了十方界的菩提心（境界）才能看到，何况我们这些凡夫俗子，就更不用说啦！

从阵痛到分娩，这段时间，有许多穿戴华丽宝石的神男神女展现在天幕之上，显现出身着披风和头戴通人冠的众多喇嘛，给新生的孩子进行沐浴的景象。刚出生落地……大地震撼三次，突然雷声隆隆，降下风茄花雨，枝绽花蕾，树生叶芽，七轮朝阳同时升起，彩虹罩屋。三日之内不能吃母奶，以黑色牲畜（牦牛）的酥油和奶汁喂养，因而生病。四日那天，临近晌午（十时左右）时光，才开始吮吸母乳。

当时，将密宗的祖父丹增和父亲给他命名为阿旺诺布，因一时中了邪气，脸都有点浮肿，眼睛难以睁开。算卦人松塔尔和吉提两人占卜一致，说："一方面中了邪气，一方面有比邬坚林护法神还要高贵的神护卫，应该命名为阿旺嘉措，还须用净水，特别要用十五的月亮落山以前、飞禽走兽尚未饮用、污染的河水洗濯，理应讲究清洁，否则，孩子就有夭折的危险。（为预防起见）应从该山背后搬到别的地方为妙。"按占卜人所言办后，身体就长好了，战神多吉扎丹（金刚称）等赋予了"见刃的成就"（安全的保证）。

小时候就不贪恋"生齿"期间的儿童游乐活动，而爱在纸张、树叶上写字、拼音，在地面上画图。还模仿（大人）做朵玛（用糌粑捏成供神的食品），供神，驱魔，吹号。在哭的时候，用法号、神像给他看，就高兴了起来。无论见到高低贵贱的人，都伸出大象鼻子般的手，赐给福力，做出给以加持的动作。无论法鼓敲得多么响亮，法号吹得多么高昂，都毫不畏惧，目不转睛地看着，他的声音洪亮，表现出了威严。

资料来源：《仓央嘉措及其情歌研究》，西藏人民出版社　1982年版

2

布达拉宫辞并序

曾缄

六世达赖喇嘛，洛桑仁钦仓央嘉措，西藏寞湖（今译门隅）人也。其父名吉祥持教，母号自在天女。

五世达赖阿旺洛桑薨，而仓央嘉措适生，岐嶷出众，见者目为圣童。

当五世达赖之薨也，大臣第巴桑结专政，匿其丧不报，阴立仓央嘉措布达拉宫中为储君，其教令仍假五世达赖之名行之；如是者有年。

后，清康熙帝微有听闻，传诏责问，始以实对。

康熙三十五年，（仓央嘉措）乃从班禅额尔德尼受戒，奉敕坐床，即六世达赖；正位时，年十五，威仪焕发，色相庄严；四众瞻仰，以为如来三十二妙相、八十种随形，不是过也。

正位之后，法轮常转，玉烛时调，三藏之民，罔不爱戴。黄教之制，达赖住持正法，不得亲近女人。

而仓央嘉措，情之所钟，雅好佳丽；粉白黛绿者，往往混迹后宫，侍其左右；意犹未尽，自于后宫辟一篱门，夜中易服，挟一亲信侍者，从此门出，更名宕桑旺波，微行拉萨街衢；偶入一酒家，觌当垆女郎殊色也，悦之；女郎亦震其仪表而委心焉；自是昏而往，晓而归，俾夜作昼，周旋酒家者累月。

其事甚秘，外人无知之者。一夕值大雪，归时遗履迹雪上，为人发觉，事以败露。

有拉藏汗者，亦执政大臣，故与第巴桑结争权；至是借为口实，言其所立，非真达赖；驰奏清政府，以皇帝诏废之。

仓央嘉措被废，反自以为得计，谓今后将无复以达赖绳我，可为所欲为也；与当垆女郎过从益密。

拉藏汗会三大寺大喇嘛杂治之，诸喇嘛唯言其迷失菩提本真而已，无议罪意。拉藏汗无可奈何，乃槛而送之北京。道经哲蚌寺，众僧出其不意，夺而藏诸寺中。拉藏汗以兵攻破寺，复获之，命心腹将率兵监其行；至青海，以病死闻。或曰其将鸩杀之，寿止二十六岁；时则康熙四十六年也。

仓央嘉措既走死，藏之人皆怜其无辜，不直拉藏汗所为。拉藏汗别立益西加措为新达赖，而众不之服也。闻七世达赖诞生理塘，则大喜。

先是，仓央嘉措有诗云，“他年化鹤归何处，不在天涯在理塘”；故众谓七世达赖是其复出身，咸向往之。事闻于朝，于是，清帝又诏废新达赖，而立七世达赖以嗣仓央嘉措。

迎立之日，侍从甚盛，幡幢伞盖，不绝于途；拉萨欢声雷动，望尘遥拜者，不知其数也。

仓央嘉措积学能文工诗，所著有《无生缬利法》、《黄金穗故事》、《答南方人问马头观音法》等书。及《达赖情歌》，流水落花，美人香草，哀感顽艳，绝世销魂，为时人所称；然亦以此，见讥于礼法之士。

故仓央嘉措者，盖佛教之罪人，词坛之功臣；卫道者之所疾首，而言情者之所归命也。观其身遭挫辱，仍为众望所归，《甘棠》之思，再世弥笃，可谓贤矣。乃权臣窃柄，废立纷纭；遂令斯人，行非昌邑，而祸烈淮南；悲夫！

戊寅之岁，余重至西藏，网罗康藏文献，得其行事；并求其所谓情歌者，译而颂之。既叹其才，复悲其遇，慨然命笔，摭其事为《布达拉宫辞》；广法苑之逸闻，存西藩之故实；虽迹异《连昌》而情符《长恨》，冀世之好事者，或有取焉。

拉萨高峙西极天，布达拉宫多金仙。
黄教一花开五叶，第六僧王最少年。
僧王生长寞湖里，父名吉祥母天女。
云是先王转世来，庄严色相真无比。
玉雪肌肤襁褓中，侍臣迎养入深宫。
峨冠五佛金银烂，綷地袈裟氆氇红。
高僧额尔传金戒，十五坐床称达赖。
诸天为雨曼陀罗，万人合掌争膜拜。

花开结果自然成，佛说无情种不生。
只说出家堪悟道，谁知成佛更多情。
浮屠恩爱生三宿，肯向寒崖依枯木。
偶逢天上散花人，有时邀入维摩屋。
禅参欢喜日忘忧，秘戏宫中乐事稠。
僧院木鱼常比目，佛国莲花多并头。
犹嫌少小居深殿，人间佳丽无由见。
自辟篱门出后宫，微行夜绕拉萨遍。
行到拉萨卖酒家，当垆有女颜如花。
远山眉黛销魂极，不遇相如岂自嗟。
此际小姑方独处，何来公子甚豪华。
留髡一石莫辞醉，长夜欲阑星斗斜。
银河相望无多路，从今便许双星度。
浪作寻常侠少看，岂知身受君王顾。
柳梢月上订佳期，去时破晓来昏暮。
今日黄衣殿上人，昨宵有梦花间住。
花间梦醒眼朦胧，一路归来逐晓风。
悔不行空似天马，翻教踏雪比飞鸿。
踪迹分明留雪上，何人窥破秘密藏。
哗言昌邑果无行，上书请废劳丞相。
由来尊位等清尘，懒坐莲台转轮法。

还我本来真面目，依然天下有情人。

人言活佛能长活，争遣能仁遇不仁。

十载风流悲教主，一生恩怨误权臣。

剩有情歌六十章，可怜字字吐光芒。

写来旧日兜棉手，断尽拉萨士女肠。

国内伤心思故主，宫中何意立新王。

求君另自熏丹穴，觅佛居然在理塘。

相传幼主回銮日，侍从如云森警跸。

俱道法王自有真，今时达赖当年佛。

始知圣主多遗爱，能使人心为向背。

罗谥吞针岂诲淫，阿难戒体知无碍。

只今有客过拉萨，宫殿曾瞻布达拉。

遗像百年犹挂壁，像前拜倒拉萨娃。

买丝不绣阿底峡，有酒不酹宗喀巴。

劝君折取花千万，供养情天一喇嘛。

资料来源：《仓央嘉措及其情歌研究》，西藏人民出版社　1982年版

3

六世达赖仓央嘉措略传

曾缄

六世达赖名洛桑仁钦仓央嘉措，康熙二十二年正月十六日生于西藏寞地，父曰吉祥持教，母曰自在天女。五世达赖阿旺洛桑脱缁未久而仓央嘉措诞生，时第巴桑结专政，匿阿旺洛桑之丧，而阴奉仓央嘉措为六世。康熙三十六年圣祖仁皇帝有诏责问，第巴桑结具以实对，始受敕坐床即达赖位。

仓央嘉措即长，仪容玮异，神采秀发，赋性通脱，虽履僧王之位不事戒持，雅好狎邪，钟情少艾，后宫秘苑，时具幽欢，又易服微行，猎艳于拉萨城内。初犹自秘，于所居布达拉宫别为便门，躬掌锁钥，夜则从便门出，易名宕桑旺波，趋拉萨酒家与当垆女会，以为常，未晓潜归，宫中人无知之者。

一夕值大雪，归时遗履迹雪上，为执事僧所见，事以败露。诸不谦于第巴桑结者，故疑所立达赖为伪，至是稔其无行，愈谨言非真达赖。会拉藏汗与第巴桑结的却，以闻于朝：清圣祖下诏废之，仓央嘉措怡然弃其尊位，益纵情恣欲，无所讳饰，拉藏汗无如何诸蒙古王公先后戒谏之，不听。

康熙四十四年，拉藏汗以兵攻第巴桑结杀之，召大寺喇嘛杂治仓央嘉措，诸喇嘛惟言仓央嘉措迷失菩提而已，无议罪意。拉藏汗无如何，乃上奏圣祖，以皇帝诏，槛送仓央嘉措入北京，命心腹大臣率蒙古兵监其行，道经哲蚌寺，寺中喇嘛出不意，遽仓央嘉措。大臣引兵攻破寺，复获之。行至青海纳革雏喀间，遂发病死。世寿二十五岁，时康熙四十五年也。

仓央嘉措既走死，藏人深怜之。拉藏汗更立益西加措为新达赖，众不之信，而思仓央嘉措弥笃。迨七世达赖转生理塘之说传至拉萨，合于仓央嘉措诗中预言，藏人皆大欢喜，以为仓央嘉措再世，迎立之日，不期而会，瞻仰膜拜，盖十余万人。

仓央嘉措虽不检于行，然学瞻才高，在诸世达赖中最为杰出，故屡遭挫辱，尤为藏人爱戴。甚有目其淫乱为游戏三昧，谓仓央嘉措非女人伴宿，夜不成寐，而戒体清净，于彼女曾无染也。所著有色拉寺法令献茶倾赞，色拉遮院马头观音供养法及成就决，答南方人问马头观音供养法书，无生缬唎法，黄金穗故事，及笺启歌曲等，而歌曲流传至广，环拉萨数千里，家弦而户诵之，世称为六世达赖情歌。所言多男女之私，而倾扬佛法者时亦出，流水落花，美人香草，情辞悱丽，余韵欲流，于大雪中高吟一曲，将使万里寒光，融为暖气，芳菲灵异，诚有令人动魄惊心者也。

故仓央嘉措者，佛教之罪人，词坛之功臣，卫道者之所疾首，而言情者之所归命也。本极苦寒，人歆寂灭，千佛出世，不如一诗圣诞生。世有达人，必去彼取此。

民国十八年，余重至西康，网罗康藏文献，求所谓情歌者，久而未获，顷始从友人借得于道泉译本读之，于译敷以平话，余深病其不文，辄广为七言，施以润色，移译既竟，因刺取旧闻，略为此传，冠诸篇首，其有未逮，以俟知言君子。

资料来源：《仓央嘉措及其情歌研究》，西藏人民出版社　1982年版

4

金粟轩诗话　节选

南怀瑾

现代语称人为感情的动物，确甚恰当。忘情方为太上，足见性情之际，最难调服。善于用情者，其唯圣人乎！古人云：“不俗即仙骨，多情乃佛心。”此为大乘境界，非常人可知。然情之为用，非专指男女间事，如扩而充之，济物利人，方见情之大机大用也。人谓苏曼殊为出家菩萨，意其出家而又沉湎于男女爱情。实则曼殊非出家比丘，只是失意世途，窃方外戒条，冒名为游戏耳，且其诗文，据闻多经章太炎与柳亚子等改正而成今日之面目。然其意境仍只限于儿女痴情之小范围，不及西藏法王第六代达赖远矣！达赖六世，名仓央嘉措，自幼以转世灵童迎养入宫，掌藏中政教大权，以法王而兼人王，可谓备极人间荣显矣。然其才华智慧，尤为历世达赖之冠，故其行径亦大有异于众者。曾因私出后宫，微服夜游拉萨酒家，结识一当垆女子，两情缱绻，韵事外传，事为权臣所悉，即引为废立奸谋之借口。时适清政府入关称帝之初，据奏即召其入京觐见，以便面质。仓央嘉错，即被裹胁来京。讵知行至青海裹圹时，不愿入京受辱，一笑入寂，时年方三十馀岁也。或谓其私德有瑕疵之毁，但于法于政，皆无大过。观其从容解脱，又岂可以俗见论其道力哉！遗著有情歌六十六首，流传至今，为藏中文学之名作。藏中青年男女，每当朝昏夕阴，高歌一曲，可化高山之积雪，回大地春光矣。抗战时，国民政府蒙藏委员会委员曾缄，字子固，为译成中文七绝六十六首，载于民国二十八九年间西康建设月刊。曾氏并仿长恨歌体，附有拉萨官词古风一篇。师谓昔日皆可记诵，今则不能全忆，屡欲觅其原什而不得，仅得数首，为余辈诵之，以作谈助。

仓央嘉措情歌诗云：

曾虑多情损梵行。入山又恐别倾城。
世间安得双全法。不负如来不负卿。

又：

入定修观法眼开。启求三宝降灵台。
观中诸圣何曾见。不请情人却自来。

又：

动时修止静修观。历历情人挂眼前。

肯把此心移学道。即生成佛有何难。

又：

美人不是母胎生。应是桃花树长成。

已恨桃花容易落。落花比汝尚多情。

又：

但曾相见便相知。相见何如不见时。

安得与君相诀绝。免教辛苦作相思。

又记忆其断句云：

临行只有钗头凤。莫向三叉路口言。

又断句云：

羽毛零乱不成衣，深悔苍鹰一怒非。

又：

自叹神通空具足。不能调伏枕边人。

又记曾缄拉萨宫词断句云：

拉萨高峙西极天，布拉宫内多金仙，黄教一花开五叶，第六僧王最少年。僧王生长寞湖里，父名吉祥母天女，侍臣迎养入深宫，当头玉佛金冠丽。窣地金沙氍毹红……诸天时雨曼陀罗，万人伏地争膜拜……只说出家堪悟道，谁知成佛更多情……由来尊位等轻尘，懒著田衣转法轮，还我本来真面目，依然天下有情人……买丝不绣阿底峡，有酒不酹宗喀巴。尽回大地花千万，供养情天一喇嘛。

曾氏拉萨宫词与译词之格调，均甚典雅，惜皆记忆不全，难得原诗而考订之。然较其他译藏文译经之词，优劣何啻天壤。即仓央嘉措之情诗，寓意亦往往超越普通情歌，不能作寻常香艳韵事视之。其自云：暗中私说与情人。落花比汝尚多情。及深悔苍鹰一怒非，等句。指泄漏其事之秘密者，乃出彼姝之口，故有此云云。藏俗民间传其故事，亦同此说也。师云：如仓央嘉措者，应是菩萨化身，所谓应以爱情身得度者，即现爱情身而为说法也耶？一笑！且曰：小子识之！应作如是观。是耶？非耶？

资料来源：《仓央嘉措及其情歌研究》，西藏人民出版社　1982年版

附录2丨仓央嘉措年谱

1683年，仓央嘉措一岁。他于正月十六日生于山南错那门域，是日，天降异象，七日同升，黄柱照耀，预言为莲花生转世。原籍不丹，门巴族人。父亲是一个贫穷善良的红教教徒，就是莲花生大士所创立的宁玛派教徒。

1684年，仓央嘉措两岁。他被秘密安置在巴桑寺，由拉萨派来的著名僧人教他学习佛法。

1688年，噶尔丹先吞并了河套地区，进而占领天山南北，有效控制了青海等地，后出兵攻打喀尔喀蒙古，直接威胁中原地区。

1689年，仓央嘉措六岁。这年，仓央嘉措的父亲去世。

1690年到1697年，康熙三次御驾亲征准噶尔部，噶尔丹兵败自杀，噶尔丹侄子策妄阿拉布坦继任。

1696年，仓央嘉措十四岁。此时，第巴向外界透露了五世达赖的死讯，并公开仓央嘉措活佛身份。

1697年，仓央嘉措十五岁。第巴向康熙具言五世达赖已死，灵童已找到。9月17日，五世班禅洛桑益西在浪卡子，给仓央嘉措受戒，法号为梵音海。同年10月25日，仓央嘉措至布达拉宫坐床，成为黄教法王。后至哲蚌寺刻苦学经三年。

1701年，仓央嘉措十九岁。拉藏汗等蒙古部落首领质疑仓央嘉措身份，不承认他是六世达赖。

1702年，仓央嘉措二十岁。在扎什伦布寺拒绝受戒，向五世班禅要求还沙弥戒返俗，并拒受比丘戒。

1703年，仓央嘉措二十一岁。因受拉藏汗等蛊惑，康熙派钦差去查验六世法体真假。

1705年，仓央嘉措二十三岁。第巴与拉藏汗爆发冲突，第巴兵败被杀。

1706年，仓央嘉措二十四岁。是年5月17日，仓央嘉措被押解京城，经哲蚌寺时被救，后在青海湖神秘遁走。

以下事迹据阿旺伦珠达吉所著《六世达赖喇嘛仓央嘉措秘传》

1707年，仓央嘉措二十五岁。拉藏汗的私生子益西嘉措在拉萨立为六世达赖，从此统治了西藏十余年。康熙赐金印默认益西嘉措身份，印文为“敕赐第六世达赖喇嘛之印”。这枚金印与当年赐予仓央嘉措的“敕封”，差了一字。

1708年，仓央嘉措二十六岁。7月，理塘灵童格桑嘉措出世。仓央嘉措游康定，在峨眉山游十数日，康区瘟疫发作，染上天花。

1709年，仓央嘉措二十七岁。仓央嘉措秘密回藏。

1711年，仓央嘉措二十九岁。在达孜被囚，后逃脱。

1712年，仓央嘉措三十岁。游尼泊尔加德满都，瞻仰自在天男根。10月，随国王去印度朝圣。

1713年，仓央嘉措三十一岁。游印度。4月，登灵鹫山，途遇白象，是为大吉之预。康熙册封第五世班禅洛桑益西为“班禅额尔德尼”。

1714年，仓央嘉措三十二岁。在山南朗县的塔布寺，人称塔布大师，后转到青海。

1715年，仓央嘉措三十三岁。再次返藏。此时，格桑嘉措在理塘寺出家。阿旺多尔济出世。

1716年，仓央嘉措三十四岁。春，率拉萨木鹿寺十二僧人至阿拉善旗，结识阿旺多尔济一家。

1717年，仓央嘉措三十五岁。拉藏汗被准噶尔军队所杀，伪六世达赖被囚药王山寺内，7年后死。

1718年，仓央嘉措三十六岁。春，回阿拉善。

1719年，仓央嘉措三十七岁。清朝平定准噶尔。

1720年 9月15日，仓央嘉措三十八岁。理塘灵童格桑嘉措坐床为达赖，康熙册封格桑嘉措为“弘法觉众第六世达赖喇嘛”。

1721年，仓央嘉措三十九岁。龙王潭公园立康熙帝《平定西藏碑》。

1723年，仓央嘉措四十岁。青海丹增亲王叛乱，康熙帝派川陕总督年羹尧平叛。

1724年（雍正二年），仓央嘉措四十一岁。雍正册封格桑嘉措为“西天大善自在佛掌管天下佛教知一切斡齐尔达赖喇嘛”。同年，他下令阿拉善旗民众迁居青海。

1727年，雍正五年，仓央嘉措四十五岁。重建塔布寺（即石门寺）。

1730年，仓央嘉措四十八岁。在兰州，为岳钟祺征准噶尔大军祝祷，作法七日。

1733年，仓央嘉措五十一岁。夏季，破土动工修昭化寺。

1735年，仓央嘉措五十三岁。自筹一万两纹银，派阿旺多匀济去藏区随班禅学经。

1736年，乾隆元年，仓央嘉措五十四岁。自阿拉善迁青海湖揔尖勒，居九年。

1737年，仓央嘉措五十五岁。五世班禅洛桑益西圆寂。

1738年，仓央嘉措五十六岁。秋，阿旺多匀济回阿拉善。

1739年，昭化寺迎请仓央嘉措就座于八狮法座，主持法事五昼夜。

1743年，仓央嘉措六十一岁。塔布寺建成，历时十六年。

1745年，仓央嘉措六十三岁。自青海湖揔尖勒回阿拉善，十月底，染病。

1746年，仓央嘉措六十四岁。五月初八，在阿拉善旗承庆寺坐化，年六十四岁。

图书在版编目（CIP）数据

世间最美的情郎：仓央嘉措传/王臣著. —北京：九州出版社，2014.3
ISBN 978-7-5108-2818-8

Ⅰ. ①世… Ⅱ. ①王… Ⅲ. ①传记文学—中国—当代 Ⅳ. ①I25②I207.22

中国版本图书馆CIP数据核字(2014)第052791号

世间最美的情郎：仓央嘉措传

作　　者　王臣　著
出版发行　九州出版社
出 版 人　黄宪华
地　　址　北京市西城区阜外大街甲35号（100037）
发行电话　（010）68992190/2/3/5/6
网　　址　www.jiuzhoupress.com
电子信箱　jiuzhou@jiuzhoupress.com
印　　刷　三河市祥达印刷包装有限公司
开　　本　880毫米×635毫米 16开
印　　张　28
字　　数　270千字
版　　次　2014年6月第1版
印　　次　2014年6月第1次印刷
书　　号　ISBN 978-7-5108-2818-8
定　　价　55.00元（全二册）

世间最美的情郎：仓央嘉措传 | 无念篇